D0996594

ENGE ELLA

UNNI LINDELL
FREDRIK SKAVLAN

ENGE ELLA

EN DE ZEVENSTER

DE TWEEDE WAARHEID

Uit het Noors vertaald door
Annemarie Smit en Paula Stevens

DE GEUS

DIT GEBEURDE ER IN HET VORIGE BOEK, *ENGE ELLA EN DE NACHTSCHOOL*:

Enge Ella woont op de bovenste plank van het stoffen-magazijn in de grote naaifabriek, samen met een heel stel andere spoken. Ze liggen de hele dag keurig opge-vouwen te wachten tot het nacht wordt. Als de nacht komt, zweven de kleine spookjes naar de Nachtschool, waar ze moeten leren hoe ze de Tien Waarheden kun-nen vinden.

In het eerste boek stuurde de vreselijke Nachtschool-juf, Sofia Stuipenophetlijf, Ella op een gevaarlijke red-dingsactie nadat ze haar vervelende nichtje, Flinke Fietje, van de bovenste plank had geduwd. Fietje werd door een naaister opgeraapt, van een hengsel voorzien en vernaaid tot handtasje. *Vernaaid worden* is het aller-ergste wat een spook kan overkomen.

Ella wist Pinneus Mysac, de zoon van de directeur van de fabriek, zover te krijgen dat hij met haar mee-ging naar het grote museum in Parijs om Fietje te zoe-ken en om De Eerste Waarheid te vinden. In het Louvre ontmoette ze het spook Victor. Hij was vroeger, toen hij nog een mens was, een wereldberoemd schrijver geweest die Hugo als achternaam had. Hij redde Ella op het nippertje van de Gobelinspoken, vlak voordat ze haar met zich mee konden nemen naar de verdoemenis. En hij vertelde Ella hoe ze bij het exclusieve tassenwinkeltje kon komen waar Pinneus en zij Fietje uiteindelijk vonden.

Weer terug in de naaifabriek werden Fietjes naden losgetornd zodat ze weer de oude Fietje werd. Spoken die vernaaid zijn, kunnen worden gered, maar dan moet je ze wel vinden. Dan kun je de naden losmaken, ze wassen en strijken en weer oplappen, zodat ze weer *zichzelf* worden.

Langgeleden was Ella's moeder, Magische Mulda, ook vernaaid. Ze was van de plank gepakt en meteen onder de naaimachine gelegd en kwam daar als jas onder vandaan. Daarna werd ze de wijde wereld in gestuurd en sindsdien heeft niemand haar ooit nog gezien. Dat is Ella's grote verdriet.

De Eerste Waarheid die Ella ontdekt, gaat over tijd. De Waarheid is dat oude spoken mensen *zijn geweest*, terwijl kleine spookjes nog mensen *gaan worden*. Ella moet dus nog lang wachten voordat ze weet welk mens ze gaat worden. Op dit moment bevindt ze zich in de Tussentijd, samen met ons, de mensen die nu leven. Daar moet ze nog een poosje blijven. Ella moet nog meer waarheden ontdekken voordat ze haar moeder misschien weer terugvindt. Nu wacht haar een nieuwe, spannende reis en De Tweede Waarheid.

DE WERELD ROND

VAN NUL TOT HONDERD

IN VIJF LICHTJAREN

INHOUD

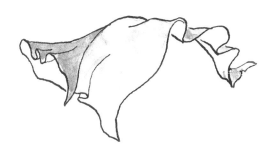

WAT IS DE TWEEDE WAARHEID?

Waar kom je vandaan? Waar ga je naartoe?
Waarom?
Wie moet het licht doven, om het weer
te kunnen aansteken?
Waar is de Bloedige Toren?
Hoe zit het met de minuten en de seconden?
En, ten slotte, waar is de Waterspiegel?

HOOFDSTUK EEN

ENGE ELLA EN
DE NAAIFABRIEK

HET WAS NACHT. Aan de zwarte hemel hing een witte maan. De naaifabriek baadde met zijn hoge, ronde schoorsteenpijp en zijn boogramen in het maanlicht. Om het plein voor de fabriek stond een hek, dat was afgesloten met een ijzeren poort. De ingang van de fabriek was in de ene lange muur.

Binnen had je een grote en een kleinere fabriekshal, waar rijen smalle tafels stonden met naaimachines erop. En er was een kleedruimte voor de arbeiders, een kantine, een wasruimte, het kantoor van de directeur van de fabriek en ten slotte het stoffenmagazijn, waar de spoken woonden. Tussen de verschillende ruimtes waren lange gangen die alle kanten op gingen. Aan het einde van elke gang was een grijze, ijzeren deur met een grote deurkruk. Die deuren hadden geen sleutelgaten, daarom waren ze afgesloten met hangsloten.

Deze donkere nacht gebeurde er iets onverwachts en angstaanjagends, net toen Enge Ella, Flinke Fietje en

Nare Nemo klaarstonden om naar de Nachtschool voor Jonge Ongeschoolde Spoken te gaan. Om tien voor twaalf wilden de spookkinderen zichzelf door het sleutelgat van de grote fabrieksdeur naar buiten trekken. Plotseling hoorden ze buiten geblaf en de boze stem van de fabrieksdirecteur, Hektor Mysac.

'Je bent een vreselijk kind, Pinneus, en nu zul je je straf krijgen!' bulderde hij.

Hektor Mysac kwam nooit 's avonds naar de naaifabriek. Dan hadden de spoken het rijk alleen, terwijl de directeur in zijn grote bed sliep, in het roze stenen huis in de grote tuin.

Ella, die zich al had opgerold en haar spitse gezichtje al in het sleutelgat had gestoken, werd bijna rondgedraaid door de grote ijzeren sleutel die Hektor Mysac er vanaf de andere kant instak.

'Wat zegt hij?' Flinke Fietje deinsde achteruit.

Enge Ella trok zichzelf bliksemsnel uit het sleutelgat.

'Die sleutel raakte me midden tussen mijn ogen', hijgde ze.

'Hij had je wel aan flarden kunnen draaien', zei Nare Nemo.

'Dat is de directeur, en hij wil zijn zoon straffen.' Ella voelde hoe de koude rillingen haar over de naad liepen. 'We moeten maken dat we in het stoffenmagazijn komen voordat hij ons ontdekt, en snel op de bovenste plank gaan liggen.'

Maar Flinke Fietje en Nare Nemo waren zo overstuur

dat ze de fabriekshal binnenschoten, waar hun moeder samen met Esmee en oude Mottige Marie de tafel dekte voor het nachteten.

'Niet daarnaartoe', jammerde Enge Ella en ze sloeg links af naar het stoffenmagazijn.

Mystieke Malou Grassa Damast keek boos naar Fietje en Nemo die hoog boven haar onder het plafond rondfladderden.

'Had ik niet gezegd dat jullie naar de Nachtschool moesten gaan, lapzwansjes?'

'Help, mamma!' riepen Nare Nemo en Flinke Fietje door elkaar heen en ze schoten doodsbang naar haar toe. Maar Mystieke Malou Grassa Damast, die een linnen laken van de hoogste kwaliteit was, had niet door dat er iets verschrikkelijks stond te gebeuren.

'De Nachtschool begint over zeven minuten', zanikte ze met haar snerpende stem terwijl Nemo en Fietje zich aan haar vastklampten.

'Zo meteen zoemt de schoolbel en begint de school', ging ze verder en ze duwde hen weg.

Maar oude Mottige Marie, die bezig was de onzichtbare tafel te dekken voor het nachteten, begreep dat er iets gevaarlijks aan de gang was. Ze rukte de witte kopjes en bordjes van tafel en smeet alles in een van de grote geheime laden in de muur. Op datzelfde moment ging de deur van de fabriek met veel lawaai open en galmde het woedende geblaf van Grimmige Grell door de ruimtes.

Hektor Mysac duwde zijn zoon voor zich uit de gang in. Pinneus viel op handen en voeten op de grond.

'Zo, zoon,' riep Hektor Mysac, 'nu zul je boeten voor wat je hebt gedaan. Stel je voor, helemaal in je eentje naar Parijs gaan.'

Enge Ella was de enige die zichzelf in veiligheid had weten te brengen. Malou, Marie, Esmee, Fietje, Nemo, Holger, Krimpelientje, Linette en kleine Thijm waren in de fabriekshal. Het Hoofdspook, de machtige Torres Damast, was buiten aan het werk en maakte slapende mensen bang, samen met Ach en Wee.

Ella loerde de gang in en zag dat Pinneus zijn gestreepte pyjama aanhad. Zijn vader moest hem uit zijn bed gesleurd hebben. Grimmige Grell stond over Pinneus gebogen en gromde zachtjes.

'Ik was niet in mijn eentje in Parijs, pappa ...'

'Dat was je wel!'

Pinneus wist dat het geen zin had om zijn vader te vertellen dat hij op reis was gegaan omdat hij Enge Ella moest helpen Flinke Fietje te vinden die tot een handtasje was vernaaid en die de wijde wereld in was gestuurd. Zijn vader geloofde niet in spoken.

Hektor Mysac bleef in de gang staan, stak zijn neus in de lucht en snuffelde achterdochtig. Hij kneep zijn ogen tot spleetjes. Had daar niet iets bewogen? Een swoesjgeluid dat zijn oren nog net hadden opgevangen? Er dansten een paar stofkorreltjes in het schijnsel van de lamp die hij had aangedaan, alsof iemand vlak voor zijn neus een oude wollen deken had uitgeklopt.

Pinneus Mysac lag op handen en voeten op de vloer. Hij kwam langzaam overeind en keek bang naar zijn vader, loerde toen snel even naar binnen in het stoffenmagazijn. Hij hoopte dat Ella en haar familie zichzelf in veiligheid hadden weten te brengen. Maar het was daarbinnen zo donker dat hij niet kon zien of ze op de bovenste plank lagen. Als zijn vader het maar niet doorkreeg dat Ella en de andere spoken in de naaifabriek woonden en daar 's nachts van alles uitspookten.

'Ik ga mevrouw Vampe bellen', zei Hektor Mysac terwijl hij achterdochtig één oog dichtkneep. 'Want er klopt hier iets niet. En mevrouw Vampe weet precies hoe alles hoort te zijn.'

Mevrouw Vampe was de secretaresse van Hektor Mysac. Pinneus mocht haar niet. Ze deed hem denken aan een gevaarlijk reptiel, met haar lange, dunne nek en haar kleine hoofdje.

'Midden in de nacht, pappa? Ga je mevrouw Vampe echt midden in de nacht bellen?'

'Reken maar van yes', zei Hektor Mysac en hij liep zijn kantoor binnen.

'Kom, Grell', zei hij tegen zijn hond.

Ella beefde. Ze wist dat alle spoken die werden ontdekt, onder de naaimachines zouden worden gelegd. Ella wist alles van naaien. Haar grote verdriet was dat haar moeder, Magische Mulda, tot een jas was vernaaid en de wijde wereld in was gestuurd.

Het kantoor van Hektor Mysac lag naast het stoffenmagazijn. Gelukkig was hij niet door de fabriekshal gelopen, maar meteen naar de telefoon gestiefeld. Hij deed de lampen aan in zijn kantoor. Er stroomde geel licht door de spleet vlak onder het plafond. Door die opening bespioneerde Ella Hektor Mysac overdag altijd en luisterde ze hem af, als ze eigenlijk keurig opgevouwen naast de andere spoken zou moeten liggen slapen.

'Arme Pinneus', fluisterde ze. 'En arme anderen.'

Dit kwam allemaal door haar. Ella had in een vlaag van woede Flinke Fietje van de plank in het stoffenmagazijn geduwd omdat Fietje iets gemeens tegen haar had gezegd. Flinke Fietje was opgeraapt door een naaister, voorzien van een bamboehengsel en naar een exclusieve tasjeswinkel in Parijs gestuurd.

Daarom hadden Ella en Pinneus op reis moeten gaan. Het was een gevaarlijke tocht geweest, maar uiteindelijk hadden ze Fietje gevonden in het sjieke winkeltje. Ze hadden haar gevonden dankzij het oude spook Victor, die in het Louvre woonde. Hij had hen geholpen Flinke Fietje op te sporen. Het was hun ook gelukt om haar weer terug te brengen naar de naaifabriek. Daar hadden ze haar hengsel en haar naden losgetornd. Ze was gewassen, gestreken en opgelapt, zodat ze weer zichzelf werd. Maar nu was het uur van de straf aangebroken voor Pinneus.

Toen Hektor Mysac het nummer van mevrouw Vampe had ingetoetst, sloop Grimmige Grell weg door de half openstaande deur. De hond snuffelde overal rond. Hij duwde de deur van het stoffenmagazijn open en bleef dreigend staan grommen, met zijn snuit opgeheven naar de bovenste plank. Toen draaide hij zich om en liep snel naar de kantine aan de andere kant van de gang.

'Uggy', fluisterde Enge Ella stilletjes.

Terwijl Hektor Mysac mevrouw Vampe belde, liep Pinneus stilletjes de fabriekshal in. Hij ging midden in een lichtkegel staan die de buitenlampen door de hoge booramen naar binnen wierpen, en luisterde naar de wonderlijke, sissende geluiden die de doodsbange spoken maakten.

Het was Malou Grassa Damast gelukt om de schalen met meringues en de flesjes spokenmelk weg te halen.

'We zijn in levensgevaar', jammerde ze en terwijl ze verderging met afruimen hield ze de jongen in zijn pyjama in de gaten. Ze trok met een harde ruk een van

de grote geheime laden uit de muur
en smeet de onzichtbare tafel en de
stoelen erin. Flinke Fietje snikte
en Nare Nemo had zich achter
de grote metalen ladekast met
naaipatronen verstopt. De kleine
spookjes, de drieling Holger,
Krimpelientje en Linette, cirkelden angstig piepend rond onder
het plafond. Ze leken op vliegen
die om een ventilator rondvlogen.
Esmee, een jong, stil en wat merkwaardig spookje, zakte in het achterste hoekje
in elkaar naast wat restjes schotsgeruite
stof die over waren van de mantelpakjes-
collecties van de fabriek. Ze hield
kleine Thijm in haar armen. Hij
was niet groter dan een zakdoek
en begreep niet wat er aan de
hand was.

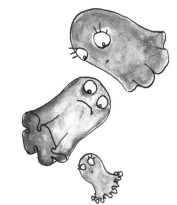

Oude Mottige Marie bewoog
een beetje langzamer dan de
anderen. Ze maakte een klaag-
lijk geluid.

'Jullie moeten opschie-
ten', hijgde ze. 'Anders worden we allemaal in stuk-
ken gescheurd.' Meer kon

ze niet zeggen, want de deur van het kantoor werd met veel lawaai opengegooid en de directeur riep Pinneus.

Oude Mottige Marie slingerde zichzelf over een stoelrug en Malou commandeerde Fietje en de andere kinderen: 'Vouw jezelf snel op en ga netjes op een stapeltje in de vensterbank liggen.'

Holger en Linette vielen flauw van schrik en dwarrelden langzaam van het plafond naar beneden. Ze bleven als twee lappenhoopjes op een van de naaitafels liggen. Krimpelientje vouwde zichzelf op en ging op de vloer liggen, Esmee en Thijm lagen nog steeds in het achterste hoekje. Malou Grassa Damast ging bliksemsnel aan een haakje aan de muur hangen.

HOOFDSTUK TWEE

DE GEHEIME IJZEREN DEUR

Enge Ella kneep haar ogen tot spleetjes. Ze zag hoe Pinneus stond te trillen voor het grote bruine bureau van zijn vader.

'Zo, jongen.' De directeur draaide rond op zijn draaistoel.

'Maar pappa ...' Pinneus' haar stond recht overeind op zijn hoofd.

'Arme stakker', fluisterde Ella geluidloos. Pinneus was *haar mens*, de jongen die overdag in háár bankje zat, als de Nachtschool een Dagschool voor mensenkinderen was. Ze hadden elkaar ontmoet toen Ella als strafwerk op kreeg dat ze naar het huis van Pinneus moest gaan om hem bang te maken toen hij sliep. Spoken hóren mensen 's nachts bang te maken. Maar Pinneus werd niet bang. Het was een grote schande voor spoken als mensen niet in hen geloofden of niet bang voor hen werden. Maar Ella en Pinneus waren vrienden geworden.

'Het is verschrikkelijk', riep de directeur luid, 'dat ik

zo'n watje van een zoon heb die niet wil doen wat ik zeg!'

'Maar pappa ...'

'Niks te maren, jongen. Het is hoog tijd dat je de werkelijkheid leert kennen, dat je begrijpt waar het om draait in het leven. Dat je je begint te gedragen. Ik heb er schoon genoeg van dat je 's nachts nachtmerries hebt en een knuffeldekentje gebruikt, en dat je ertussenuit knijpt om niet naar school te hoeven. Je bent tenslotte al elf.'

'Knuffeldekentje, nou ja, zeg', fluisterde Ella beledigd.

'Niet te geloven dat je mijn creditcard hebt gestolen en naar Parijs bent gegaan. Brutale ...'

'Maar pappa ...' Pinneus voelde hoe de vloer koud optrok. Hij droeg geen sokken of schoenen en had ijskoude voeten.

De directeur kwam half overeind en legde zijn grote handen plat op het bureau. Toen boog hij zich dreigend naar Pinneus toe.

'Spreek me niet tegen. Je weet dat ik streng en onrechtvaardig ben. Het wordt tijd dat je te horen krijgt wat je gaat worden.'

Enge Ella's gezicht vertrok, zodat haar slagtandje zichtbaar werd. Het was allemaal haar schuld. Zij had Pinneus om hulp gevraagd.

'Wat ik ga worden', piepte Pinneus bang. 'Als ik groot ben, bedoel je?'

'Ja, als je groot bent.'

'Maar ik weet nog niet wat ik wil worden, pappa.'

'Maar dat weet ík wel!' brulde de directeur. 'Wat denk je dat er verborgen is achter de gesloten deuren aan het einde van de gang, stomme idioot.' Hij maaide met zijn armen.

'Ik, ik … weet het niet, pappa.'

Plotseling kwam Grimmige Grell door de deur van het kantoor naar binnen gestoven met Krimpelientje in zijn bek. Krimpelientje was de dochter van Ach en Wee, die samen met Torres Damast aan het werk waren en mensen bang maakten.

'Nee, maar daar kom je nu wel achter.' Hektor Mysac glimlachte even toen Grimmige Grell Krimpelientje in zijn bek heen en weer schudde.

'O nee', fluisterde Ella. Arme, arme Krimpelientje. Ze was een schattig kanten spookje, kleiner dan haar drielingbroertje en -zusje, Holderdebolder Holger en Linette, omdat ze ooit als babyspookje in kokend water was gevallen en was gekrompen.

Grell gromde en zette zijn poot op haar

puntje om haar kanten randje
beter in stukken te kunnen
scheuren.

'Hou op dat lapje stof te ver-
scheuren, Grell.' De directeur
stond op en rukte Krimpelientje uit de bek van de hond. 'Ga
jij maar een frisse neus halen,
lor van een hond.' Hij pakte de hond
bij zijn halsband en trok hem mee de gang in, deed de
grote fabrieksdeur open en slingerde het beest de duisternis in.

'Naar buiten!'

Hektor Mysac kwam zijn kantoor weer binnen en
rukte de bovenste bureaulade open. Hij haalde er een
grote sleutelbos uit en hield die rinkelend omhoog.

'Nu zul je eens wat zien, Pinneus. Nu ga je iets over
het echte leven leren.'

Pinneus keek bang.

'Wat zit er achter die ijzeren deuren,
pappa?'

'Kom mee, jongen!'

Hektor Mysac liep om zijn bureau
heen en legde zijn grote knuist op
Pinneus' schouder. Hij duwde
zijn zoon voor zich uit de gang
in met de witte neonlampen aan het plafond. Krimpelientje bleef levenloos achter op de stenen vloer.

Enge Ella dacht even na. Nu moest ze zich echt opwoezelen. Dit was niks voor laagzwevers.

＊

Hektor Mysac stak de sleutel in het hangslot en trok de
ijzeren deur naar zich toe. De scharnieren knarsten en
kreunden. Pinneus Mysac keek naar de brede rug van
zijn vader. Uit de duisternis aan de andere kant van de
deur steeg een bedompte, vochtige lucht op. Het was
net of zijn vader het leuk vond dat hij bang was. Zo
hoorden vaders toch niet te zijn.

'Ga jij maar eerst', zei Hektor Mysac terwijl hij zich half naar Pinneus omdraaide.

Pinneus verstijfde. Wat was daarbinnen verborgen? Er ontsnapte een snik uit zijn mond.

'Ella!' riep hij.

Zijn vader keek op hem neer.

'Wat zei je daar, jongen?'

'Ik hoestte, pappa.' Pinneus trilde over zijn hele lichaam.

'Ik dacht dat je "blabla" zei.'

'Dat zei ik niet, pappa.'

Ella hoorde Pinneus' bange stem. Op datzelfde moment schoten Flinke Fietje en Nare Nemo door de deur van het stoffenmagazijn en woezelden zich op de bovenste plank.

'Je hebt geen idee, Ella', zei Fietje klagend. 'Het is allemaal jouw schuld. De anderen durven zich niet te verroeren. Mamma hangt verlamd van schrik aan het haakje in de hal. Als jij niet ...'

'Gevaarlijke chaos', zei Nare Nemo.

'We moeten iedereen redden, ook Pinneus', zei Ella vastberaden.

'De pot op met Pinneus', zei Nare Nemo. 'Dat is tenslotte maar een mens.'

'Focus en een vaste koers', zei Ella en ze zweefde weg van de bovenste plank. Ze gleed zijwaarts naar beneden, naar de deur die openstond naar de gang. 'Mijn moeder zei altijd dat ik een topper en een hoogzwever moest worden.'

'Maar je moeder is weg', zei Flinke Fietje.

Ella slikte en dacht aan de zomerdag dat ze samen met haar moeder had gevlogen, voordat haar moeder werd vernaaid en de wijde wereld in werd gestuurd. Ze hadden niet zo hoog gevlogen, want eigenlijk was Ella nog te klein. Spoken mochten pas vliegen als ze op de Nachtschool waren begonnen. *Focus, lieve Ella, focus en een vaste koers.* Ella hoorde haar moeders stem in haar hoofd toen ze de gang in zweefde, op weg naar de openstaande ijzeren deur.

✳

Torres Damast zweefde voor Ach en Wee uit door de verlaten, donkere straten van de stad. De maan scheen op zijn glanzende damasten lichaam. In de Naaifabriek was hij het allergrootste spook van allemaal, het Hoofdspook. Hij was streng en star. Torres kon allemachtig kwaad worden. In zijn jeugd was hij rood geweest, maar toen was hij in een teil met chloor gevallen en verbleekt. Nu verlangde hij naar huis, naar het nachteten en zijn plank.

'Ik heb vannacht een heleboel mensen de stuipen op het lijf gejaagd', grinnikte Torres.

'Jij bent top', antwoordde Ach.

'Buitengewoon goed', zei Wee.

Ach en Wee waren trots op hun drieling Holger, Krimpelientje en Linette. Torres Damast was de vader van Fietje en Nemo en de oom van Ella.

'Het is heerlijk om te voelen dat je je plek in het leven gevonden hebt', zei Torres Damast plechtig en hij keek even opzij naar een etalage waar vijf jassen op een rij hingen. Hij dacht aan Magische Mulda. Niemand dacht dat ze ooit nog terug zou komen, behalve Ella, die altijd over haar moeder praatte. Ella was een lawaaiig, vermoeiend spookje, vond Torres Damast. Ze kende haar plaats niet.

Torres Damast zweefde met rechte rug naar de grote poort van de naaifabriek.

'O, wat heb ik een zin in nachteten', zeiden Ach en Wee in koor.

'Ja, ik ook', zei Torres. Plotseling stopte hij met een ruk.

Grimmige Grell liep blaffend rond op de binnenplaats.

'De hond, nu, midden in de nacht', zei Torres en hij staarde naar de zwarte auto van de directeur die voor de grote deur van de fabriek geparkeerd stond.

'Gevaar', zeiden Ach en Wee in koor.

Achter de ijzeren deur was een trap die de duisternis in voerde. Hektor Mysac tilde zijn arm op en drukte op een knopje aan de muur. Er stroomde een koud, wit licht over de afgesleten trap en de afbladderende muren. Een spin schoot naar een spleet en verdween. Er klonk een zacht gebrom uit de kelder, als van een machine.

De directeur gaf Pinneus een duwtje.

'Loop naar beneden, jongen.'

Ella zweefde de reusachtige fabriekshal binnen. Het maanlicht viel door de grote boogramen naar binnen. In het begin zag ze helemaal niets, maar toen werden de omtrekken van de spoken zichtbaar. Ze lagen op de grond, over stoelruggen, in vensterbanken en onder naaitafels. Ze leken op lapjes stof die de arbeiders vergeten waren op te ruimen.

'De directeur heeft een van de ijzeren deuren open-gemaakt en is met Pinneus in de kelder verdwenen', zei Ella overstuur.

Oude Mottige Marie jammerde beverig en kleine Thijm piepte als een muis.

'Schiet op allemaal, een beetje tempo. Maak dat je in het stoffenmagazijn komt, bij Fietje en Nemo.'

Esmee jankte stilletjes.

'Ssst', zei Ella. 'Ik ga Krimpelientje halen, die ligt gewond op de vloer van Hektor Mysacs kantoor. Woezel je op! Schiet op!'

De spoken kwamen in beweging. Oude Mottige Marie gleed van de stoelrug. Malou Grassa Damast haakte zichzelf van het haakje aan de muur en de anderen stegen langzaam op van de vensterbank en de vloer waar ze in elkaar waren gezakt.

Ze vlogen als één grote lap naar het stoffenmagazijn, terwijl Enge Ella naar Hektor Mysacs kantoor schoot. Daar griste ze Krimpelientje mee die op de vloer lag te kreunen.

'Woezel je op. Het komt allemaal goed', zei Ella, terwijl ze naar Krimpelientjes gescheurde kanten randje keek. 'Dat randje naait Marie wel weer vast en dan ben je weer als nieuw.'

✳

Pinneus Mysac liep langzaam voor zijn vader uit de steile trap af. Een zurige, bedompte lucht steeg op uit de diepte. Het was de stank van een kamer die jarenlang op slot had gezeten. Pinneus voelde hoe zijn hart in zijn borst bonsde onder zijn flanellen pyjama.

'Nu zul je iemand ontmoeten die heeft ondervonden hoe het is om niet te slagen!' brulde de fabrieksdirecteur. 'Hij zit hier nu al een half jaar beneden omdat hij

een wedstrijd heeft verloren.'
'Een wedstrijd, pappa?' Pinneus bleef
even staan en deed zijn ogen dicht.
'Loop door', zei zijn vader streng.
'Een wedstrijd, ja.'

Pinneus
dwong zichzelf zijn
ogen open te doen en de
laatste treden naar de kelder af
te lopen. Hij staarde verbijsterd naar
wat hij daar zag. Achter een tafel zat een
dunne, bleke man in een zwart pak een witte
jurk te naaien. Voor hem stond een grote, zwarte
handnaaimachine. Aan het plafond hing een eenzame
gloeilamp.

De zijde van de jurk was omgezoomd met fijne steek-jes. De onderrok was van tule. De man was een bruids-jurk aan het naaien, luchtig en fraai als een wolk. Naast de naaimachine lagen een heleboel glimmende stukken naaigereedschap. Spelden, raderwieltjes en een paar scharen.

De kleermaker keek op. Pinneus ontmoette zijn blik. Hij had kleine, zwarte ogen.

'Een kleermaker, pappa?' Pinneus staarde naar de bleke man. Hij had het verdriet in de ogen van de man herkend. Hetzelfde verdriet als hij en Ella voelden. Purretitipurrt, snorde de naaimachine.

'Kleermaker Rivenbolt is een mislukte kleerma-ker', zei Hektor Mysac hardvochtig.

HOOFDSTUK DRIE

DE STRAF VAN KLEERMAKER RIVENBOLT

'HIJ HEET DUS Rivenbolt', herhaalde Hektor Mysac terwijl hij neerkeek op de bleke, onderdanige man met het halflange, grijze haar. 'Hij zit hierbeneden opgesloten en knipt en naait haute couture.'

'Haute couture, pappa?' Pinneus staarde naar de kleermaker. Hij was bleek als een winternacht en had donkere kringen onder zijn ogen.

'Waarom zit hij hier verstopt?'

Hektor Mysac liep naar de tafel en trok aan een gekreukeld stuk zijde. De stof gleed zachtjes op de stenen vloer. Pinneus slikte. Het deed hem denken aan Ella die wegzweefde met haar witte lijnen, als een som die niet uitkwam.

'Hij heeft een wedstrijd verloren, Pinneus.'

'Een wedstrijd, pappa?'

'Blijf naaien', commandeerde de directeur.

De naaimachine snorde verder.

'Maar wat heeft hij *gedaan*, pappa, behalve verlie-

zen?' Pinneus keek omhoog naar het eenzame gloeilampje aan het plafond. De kleermaker had nog steeds
niets gezegd.

'Kan hij niet praten, pappa?'

'Vroeger kon hij wel praten. Het gaat er meer om
wat hij *niet* heeft gedaan', ging de directeur verder.
'Hij heeft een bruidsjurkenwedstrijd verloren die door
mijn grootste rivaal werd gewonnen. Dat was misschien ook niet zo vreemd, want Rivenbolt was vooral
goed in het naaien van jassen. Hij blijft hierbeneden
zitten tot hij de mooiste bruidsjurk van de wereld
heeft gemaakt. Dat is de straf voor het niet slagen. Over
een paar weken is er weer een bruidsjurkenwedstrijd,
en die ga ík winnen.'

Pinneus slikte en keek naar de grote schaar die de
kleermaker in zijn rechterhand hield. Hij had prachtige borduursels met parels op het lijfje gemaakt, met
kanten randjes die hij zelf van wit naaigaren had ge-
haakt met een piepkleine haaknaald.

Plotseling viel zijn oog op een bord dat boven de
deur hing die nog verder de kelder in voerde. GROOT-
KLEERMAKER, stond erop.

De fabrieksdirecteur volgde de blik van zijn zoon.

'Ik zie dat het je opgevallen is dat er nog meer deuren zijn, die nog dieper de kelder in voeren.'

'Wat is daar, pappa?'

'Meer krijg je nu niet te weten', zei de directeur. 'Jij
blijft hier twee dagen in de kelder zitten, met kleerma-

ker Rivenbolt. Hij gaat je leren om patronen te maken en stof te knippen en de juiste coupe te naaien. Je kunt bijvoorbeeld oefenen met het naaien van bruidssluiers, Pinneus.'

'Maar dat kan niet, pappa. Ik moet morgen naar school. En het is hier zo koud. Ik heb koude voeten.'

'Misschien snap je dan wat belangrijk is in het leven. Je gaat kleermaker worden als je groot bent. En jij gaat winnen', voegde hij eraan toe.

'Kleermaker?' Pinneus slikte. 'Maar ik wil geen kleermaker worden, pappa.'

Hektor Mysac rechtte zijn brede rug en bromde: 'Natuurlijk word jij kleermaker, Pinneus. Wat zou je anders moeten worden?'

'Wat anders?'

'Ja, wat anders?'

'Ik weet het niet, pappa. Ik ben nog te jong om dat nu al te weten, maar geen kleermaker.'

'Jij bent een waardeloos kind! Ik zou willen dat ik een andere zoon had.'

Pinneus voelde de kou onder zijn blote voeten. Hij keek naar de grond.

✳

Toen de hele spokenfamilie veilig op de bovenste plank in het stoffenmagazijn lag, vloog Enge Ella weer naar de lege fabriekshal. Als oom Torres en Ach en Wee maar niet recht in de armen van de directeur vlogen als ze thuiskwamen van hun werk, dacht Ella.

Ze luisterde. In de verte hoorde ze zijn boze stem. Ze griste een zinken emmer mee die onder een goot-steen stond. Die was zwaar, maar het lukte haar hem met haar ene puntje op te tillen. Ze zweefde naar de openstaande ijzeren deur aan het einde van de gang. Ver weg steeg de bange stem van Pinneus langs de trap omhoog.

'Maar ik wil hier niet alleen beneden blijven, pappa. Dat wil ik niet.'

'Maar dat doe je wel. En je bent niet alleen, jongen, want kleermaker Rivenbolt is er immers ook. Ha, ha, ha.'

Enge Ella zette de emmer op de bovenste trede, rolde zichzelf op en perste zich erin. Zo bleef ze liggen wach-ten. Tot slot brulde de directeur: 'En nu doe je wat ik zeg!'

Toen kieperde Ella de emmer met zichzelf erin om, zodat hij keihard van de trap af kletterde.

✳

De directeur draaide zich verbijsterd om. De emmer stuiterde met grote sprongen naar beneden. Pinneus sprong opzij op het moment dat de emmer met de dweil met veel kabaal langs hem heen denderde.

De zinken emmer rolde dwars door de kamer, knalde tegen de muur aan de overkant en kwam toen pas tot stilstand. De *dweil* werd eruit geslingerd en landde vlak voor de grote, zwarte schoenen van Hektor Mysac. Hij tilde zijn voet op en gaf Ella zo'n harde schop dat ze door de lucht vloog en op de tafel van de kleermaker neerkwam.

Daar bleef ze te midden van het vederlichte chiffon van de fraaie bruidsjurk liggen.

'Au, potverzingende zomen', zoemde Ella zacht en ze keek omhoog, naar het bleke gezicht van de kleermaker. Pinneus, die Ella had herkend, voelde plotseling een felle warmte door zijn lichaam stromen.

'Een stomme emmer. Die moet bovenaan de trap hebben gestaan.'

De directeur greep Ella. Op datzelfde ogenblik hoorden ze mevrouw Vampes snelle, trippelende voetstappen boven in de gang.

'Hallo!' brulde de directeur een beetje vrolijker. 'We zijn in de kelder, mevrouw Vampe. Kom naar beneden!'

※

Torres Damast zweefde tevoorschijn uit zijn verstopplaats achter de pilaar.

'We moeten naar binnen', zei hij

tegen Ach en Wee. 'Ik geloof dat de anderen in gevaar zijn.'

Hij vloog op precies twee meter boven de grond zodat Grimmige Grell hem niet te pakken kon krijgen, ook al sprong de hond zo hoog als hij kon. Dat was een afleidingsmanoeuvre: zo konden Ach en Wee door het sleutelgat naar binnen komen zonder dat de hond hen aan stukken scheurde.

De drie grote spoken trokken zichzelf een voor een door het sleutelgat. Toen ze goed en wel binnen waren, bleef Torres Damast staan luisteren. Hij begreep meteen dat er een ramp was gebeurd. Er klopte iets niet. Malou had altijd de heerlijkste maaltijden klaarstaan op de lange tafel in de fabriekshal als ze thuiskwamen van hun werk, met cakejes en meringues en spokenmelk. Nu was het doodstil. Torres Damast voelde een rauwe, vochtige schimmellucht in zijn neus kriebelen. De kelder, dacht hij. Iemand heeft een van de geheime deuren opengedaan.

'Huu, huu?' riep hij aarzelend de lege ruimte in en hij wierp snel een blik in het stoffenmagazijn.

'Ik moet redden wat er te redden valt. Vrouwen en lapjes eerst', siste hij.

Ach en Wee waren verstijfd van schrik. Op datzelfde moment hoorden ze de echo van mensenstemmen ver weg.

'Er moet iets verschrikkelijks gebeurd zijn toen wij weg waren', fluisterde Torres Damast met schorre stem.

'Wat is er gebeurd?' vroegen Ach en Wee in koor.

Torres Damast richtte zich op en loerde naar binnen in het stoffenmagazijn. Op het eerste gezicht leek het alsof de bovenste plank leeg was. De schrik schoot door zijn Engelse naad. Maar toen zag hij dat de hele familie op een hoopje achteraan tegen de muur lag.

'Wat is er gebeurd? Waarom verstoppen jullie je?'

'Het is Ella's schuld', fluisterde Malou Grassa Damast bijna geluidloos. 'Er is iets met dat mensenkind, die Pinneus.'

Op datzelfde ogenblik kregen Ach en Wee de gewonde Krimpelientje in het oog.

'O, lief klein meisje', jammerden ze door elkaar heen.

'Het is allemaal Ella's schuld', herhaalde Malou beschuldigend.

Pinneus voelde de opluchting door zijn hele lijf stromen. Hij moest onwillekeurig even glimlachen. Ella was hier. Ze kwam overeind in Hektor Mysacs hand en gaf hem een tikje in zijn gezicht. Pinneus voelde zich een beetje veiliger, totdat mevrouw Vampe plotseling beneden in de kelder stond.

De directeur liet Ella op de grond vallen. Ze mepte tegen de achterkant van mevrouw Vampes kuiten toen de secretaresse langsliep.

'Waaaaa! Meneer Mysac!' riep mevrouw Vampe met een schelle stem, die galmde tussen de ruwe stenen muren. 'Wat heeft dit te betekenen, meneer Mysac?'

'Dat is gewoon een dweil, en mijn kinderachtige zoon.'

'*Pas op, Ella.*'

'*Maak je geen zorgen, Pinneus.*'

Hektor Mysac raapte Ella op en keilde haar weer in de emmer.

'Ja, hij is een irritant, merkwaardig jongetje', zei mevrouw Vampe terwijl ze naar Pinneus keek. Ze negeerde kleermaker Rivenbolt volkomen en glimlachte tegen de directeur: 'Heb je misschien zin in een kopje koffie?'

'Allemachtig', zei Hektor Mysac poeslief en hij pakte het hengsel van de emmer beet. 'Wat een service in het holst van de nacht. Wat vind je trouwens van de bruidsjurk, mevrouw Vampe?'

Mevrouw Vampe liep naar de tafel en stak haar spitse gezicht in het chiffon.

'Niet gek, maar dat kan vast mooier. Vast veel, veel mooier.'

'Kunnen we nu naar boven gaan, pappa?'

'Wij, ja, maar jij niet. Jij gaat later de naaifabriek erven en leiden, Pinneus. Jij bent meneer Mysac junior. Kleermaker Rivenbolt moet hier voor straf blijven zitten tot hij heeft laten zien dat hij geslaagd is. En dat geldt ook voor jou.'

'*Belachelijk*', floepte Ella eruit op de bodem van de emmer.

Iedereen draaide zich om en staarde naar haar.

'Die dweil moeten we zien kwijt te raken', zei mevrouw Vampe en ze trok de emmer uit de grote knuist van de directeur.

'Enge Ella', floepte Pinneus eruit.

'Ik verbied je om mevrouw Vampe "lellebella" te noemen.'

De directeur trok een spinnenweb van de muur. 'Je blijft hier met kleermaker Rivenbolt in de kelder zitten', zei hij, 'tot je iets hebt geleerd.'

HOOFDSTUK VIER

DE SCHRIK VAN HET ZIEKENHUIS

Mevrouw Vampe smeet de emmer met Enge Ella erin in het washok. De emmer rolde een paar keer heen en weer en bleef toen stilliggen. Ella glipte uit de emmer en door de spleet van de deur, net toen Hektor Mysac uit de kelder kwam. Ze zag dat hij het hangslot aan de deur hing en het dichtklikte. Arme Pinneus, die daarbeneden achtergebleven was met de zwijgende kleermaker. Ella mikte op het sleutelgat in de buitendeur en schoot pijlsnel naar buiten. Grimmige Grell lag op de deurmat te slapen. Hij kwam overeind en gromde GGGRRRRRWOEFFF, terwijl hij naar haar zoom hapte en haar op de grond probeerde te trekken. Maar Ella woezelde zich op, liet haar slagtandje zien, rukte zichzelf uit de hondenbek, fladderde nerveus over de maanverlichte binnenplaats van de fabriek en glipte door de spijlen van het grote hek.

Mevrouw Vampe stak haar spitse neus om de hoek van de deur van het stoffenmagazijn.

'Wat is hier aan de hand?' vroeg ze aarzelend. 'Is hier iemand?'

Mensen zien het verschil niet tussen levende spoken en gewone lapjes stof. Zolang die niet bewegen, natuurlijk.

Grimmige Grell sprong woedend en luid blaffend omhoog tegen de hoofdingang. Mevrouw Vampe draaide zich op haar hakken om en liep de gang weer in. Ze deed de deur van de hoofdingang op een kiertje open en staarde de duisternis in.

'Laat mij nou rustig die stomme koffie maken. Zit, sta, lig, weg!' riep ze en ze sloeg de deur met een knal dicht.

※

De Nachtschoollerares, Sofia Stuipenophetlijf, keek geprikkeld naar Enge Ella die een vol uur nadat de school begonnen was de klas binnensloop.

'Je bent vannacht te laat op de Nachtschool, Enge Ella', zei ze. 'En waar zijn Nare Nemo en Flinke Fietje?'

Ella staarde naar de tien leerlingen die netjes in hun nachtbankjes zaten en haar aankeken. Ze kwamen uit de zakkenfabriek bij de rivier, uit het winkelcentrum in de Hoofdstraat, uit de wasserij, uit de linnenkamer van het hotel en uit het ziekenhuis. Ella keek naar Stoere Stine. Die woonde in het ziekenhuis.

'Geef antwoord, Ella.'

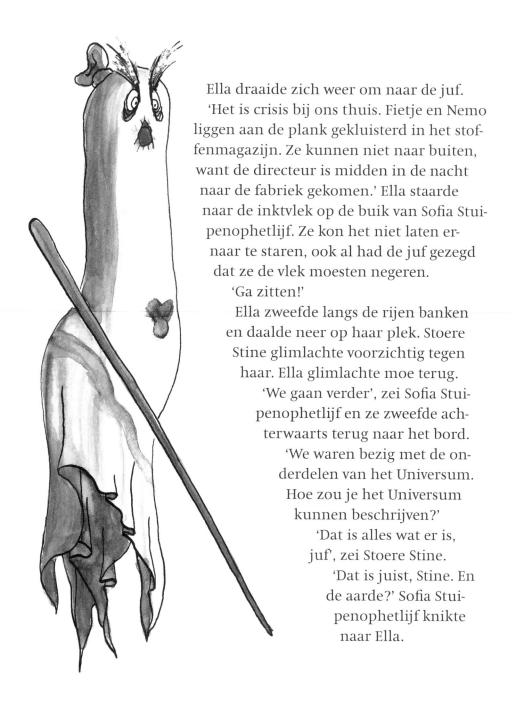

Ella draaide zich weer om naar de juf. 'Het is crisis bij ons thuis. Fietje en Nemo liggen aan de plank gekluisterd in het stoffenmagazijn. Ze kunnen niet naar buiten, want de directeur is midden in de nacht naar de fabriek gekomen.' Ella staarde naar de inktvlek op de buik van Sofia Stuipenophetlijf. Ze kon het niet laten ernaar te staren, ook al had de juf gezegd dat ze de vlek moesten negeren.

'Ga zitten!'

Ella zweefde langs de rijen banken en daalde neer op haar plek. Stoere Stine glimlachte voorzichtig tegen haar. Ella glimlachte moe terug.

'We gaan verder', zei Sofia Stuipenophetlijf en ze zweefde achterwaarts terug naar het bord.

'We waren bezig met de onderdelen van het Universum. Hoe zou je het Universum kunnen beschrijven?'

'Dat is alles wat er is, juf', zei Stoere Stine.

'Dat is juist, Stine. En de aarde?' Sofia Stuipenophetlijf knikte naar Ella.

'De aarde is een bol van steen',
zei Ella een tikkeltje overdonderd.

'Dat is een goed antwoord. En
de sterren, kinderen?'

'De sterren wonen in steden in
het heelal, juf', zeiden de andere
spoken.

'Zo zou je het ook kunnen zeggen.' Er gleed een vage glimlach
over het gezicht van de lerares.
'De sterren zweven rond in de
melkwegstelsels. Er zijn er miljoenen van.'

Ella dacht aan Pinneus in de kelder. Ze boog zich naar Stoere Stine toe en fluisterde: 'Ik heb gehoord dat jij de schrik van het ziekenhuis wordt genoemd.'

Stoere Stine knikte.

'Dan ben je vast stoer genoeg om mij te helpen', zei Ella.

'Helpen waarmee, Ella?'

'Ik kan straks niet terug naar de fabriek, want ik weet niet of de directeur en mevrouw Vampe er nog zijn. Ze hebben mijn mens in de kelder opgesloten. Pinneus Mysac, die op de dagschool in mijn bankje zit. Kan ik met jou mee naar huis, naar de linnenkamer van het ziekenhuis?'

Stoere Stine knikte ernstig.

'Ik moet tot morgennacht onderduiken, snap je, maar ik heb hulp nodig. We moeten Pinneus uit de kelder redden. Er is daarbeneden een verschrikkelijke kleermaker, die Pinneus moet leren stof te knippen.'

'O nee', snakte Stine naar adem. Ze was trots dat Enge Ella haar vriendin wilde zijn. Ella was bijzonder. Niet alleen omdat ze slagtandjes en knotjes had, maar ook omdat ze gevat was, stoer, gulzig en moederloos.

'Je krijgt er spijt van als je contact hebt met mensen', fluisterde Stine. Zelf zat ze in het nachtbankje van iemand die Gwenny Rosenblad heette. Geen draad op haar hoofd die eraan dacht om kennis te willen maken met dat kind.

'Het is uggy,' zei Ella, 'maar je kunt niet altijd alleen

maar aan jezelf denken. En aangezien jij de schrik van het ziekenhuis wordt genoemd, ben jij vast extra slim en moedig, Stine.'

'Nou ja, ik weet het niet. Ik denk dat jij eerder een haantje-de-voorste bent. Jij durft zelfs Sofia Stuipenophetlijf uit te dagen, zodat ze bijna uit haar vel springt.'

'Ik hou me niet zo bezig met vellen', zei Ella.

Sofia Stuipenophetlijf keek naar Enge Ella en Stoere Stine en kwam langzaam naar hen toe.

'Hoe durven jullie mijn les te verstoren met gebabbel. De strafhaak', siste ze hard. 'Allebei. Nu!'

De klas hield zijn adem in. Ella en Stine keken elkaar wanhopig aan.

'Nu, bedoel je nu op dit moment?' Ella probeerde eroverheen te praten. 'Kleermaker Rivenbolt en Hektor Mysac ...'

'De strafhaak', herhaalde Sofia Stuipenophetlijf en ze schudde heftig heen en weer.

Nu leek ze plotseling weer ijskoud, en niet zo aardig als ze geweest was toen Enge Ella bij haar in het nachtkantoor zat en er in haar groeikalender werd bijgeschreven dat ze De Eerste Waarheid had gevonden.

Sofia Stuipenophetlijf greep Ella en Stine beet en droeg ze door het klaslokaal naar achteren. Daar liet ze de grote strafhaak uit het plafond zakken en hing beide spokenmeisje eraan. Toen hees ze de haak weer omhoog zodat ze onder het plafond bungelden. Het was absoluut niet de eerste keer dat Enge Ella aan de strafhaak werd gehangen.

'Daar blijven jullie tot je weer koest bent. Praten tijdens de les is verboden bij de Spokenwet.'

De negen andere spokenkinderen zaten muisstil in hun bankjes. Sofia Stuipenophetlijf zeilde weer terug naar haar lessenaar: 'We moeten verder met de les. Het heeft geen zin om een laagvlieger te worden. Jullie zullen merken dat het belangrijk is om onkreukbaar te zijn', siste ze en ze ging verder: 'Het woord dat jullie als huiswerk in je witte schrift moeten schrijven en dat jullie voor morgennacht uit je hoofd moeten leren, is "stretch".'

'Stretch', herhaalde Ella terwijl ze heen en weer schommelde aan de strafhaak. 'Ik heb weleens van stretchbroeken gehoord.'

De klas lachte.

'Sst, Ella', zei Stine.

'Die zijn ouderwets', gniffelde Sofia Stuipenophetlijf. 'Bovendien heten ze geen stretchbroeken, maar spanbroeken. Die zijn godzijdank al jaren uit de mode. Er zijn heel wat zielen aardig overspannen geraakt in de tijd dat die broeken in waren. Nee, stretch heeft met lakens te maken, kleine uggybuggy's. Wie van jullie stretchneigingen heeft, kan maar beter uit de buurt van beddengoedfabrikanten blijven.'

Stine glimlachte trots. Omdat zij in de linnenkamer van het ziekenhuis woonde, was ze een expert op het gebied van lakens. Er deed een gerucht de ronde over een van haar ooms. Die had zichzelf vanwege een weddenschap zo ver opgerekt dat hij bijna scheurde; hij beweerde dat hij een tweepersoonsbed kon bedekken, hoewel hij op de keper beschouwd niet meer dan een simpel eenpersoonslaken was.

'Jullie zullen worden overhoord over de betekenis van het woord "stretch", en bovendien moeten jullie kunnen uitleggen wat "in de knoop" betekent.'

'Ik zit vaak in de knoop!' riep Ella terwijl ze met haar knotjes zwaaide. 'Oom Torres legt mij elke keer dat ik iets doe of zeg wat hem niet bevalt in de knoop!'

Ella keek naar beneden, naar de lege plaatsen van Nemo en Fietje. Het was maar goed dat ze er niet waren, want ze vonden het niet leuk als Ella iets onaardigs over hun vader zei. En dat deed ze best vaak.

*

Na schooltijd zweefden Enge Ella en Stoere Stine door de lege, donkere straten van de stad naar het ziekenhuis. Ze hadden allebei hun witte schriftje in hun armen. Ella voelde dat ze vreselijk veel honger had.

Ze hoopte van harte dat Stines familie een paar lekkere meringues op het menu had staan. Toen schoot haar weer te binnen dat die arme Pinneus in de kelder opgesloten zat.

Zonder eten, alleen met die enge kleermaker. Ella voelde de ijskoude rillingen over haar naad lopen.

Ze zweefden langs een grote etalage waarin vijf etalagepoppen stonden, met jassen aan. Enge Ella deed het automatisch: haar ogen zochten haar moeder. Altijd! Maar diep in haar hart wist ze dat ze haar niet in deze stad zou vinden. Stine nam een aanloopje en schoot snel naar voren.

'Brr', zei Ella.

Stine keek haar ernstig aan en vroeg: 'Wil jij ook niet de stoerste en dapperste van allemaal zijn?'

'Jawel', zei Ella. 'En de engste, en de gruwelijkste en de beste en de mooiste. Spoken maken veel vreselijke dingen mee.'

'Ik denk dat jij stoerder bent dan ik', zei Stine.

'Dat ben ik met je eens', zei Ella en ze hoopte van harte dat Pinneus begreep dat zij hem zou komen redden. Op datzelfde ogenblik zag ze het grote ziekenhuis. Het was een grijs, stenen gebouw met veel ramen, waarachter hier en daar licht brandde.

'Pas op voor de doornstruiken bij het parkeerterrein', zei Stine. 'Daar ben ik al een paar keer in blijven hangen.'

Ella zwenkte een beetje opzij en zweefde achter Stine aan over de motorkap van een geparkeerde auto en toen het laatste stukje over het voetpad naar de Eerste Hulp.

'Zo, daar zijn we dan', zei Stine. 'Wij wonen in de achterste stellingkast in de linnenkamer. Ik denk dat we vandaag maar via de Eerste Hulp moeten binnen-glippen. Daar staat de deur meestal open.'

'Super', zei Ella en ze keek door het glas van de draai-deuren die naar de verlichte gang leidden. Er stond een ziekenauto met een openstaande achterdeur voor de ingang. Er was geen mens te bekennen.

Zodra ze het ziekenhuis binnenkwamen, rook Ella de sterke geur van ontsmettingsmiddelen en medicij-nen. Het was een onbekende, wonderlijke lucht, die ze meende te herkennen. Maar voordat ze zich kon herinneren waarvan, was ze het alweer vergeten. De tl-buizen aan het plafond wierpen een scherp licht door de gang.

'We doen het in etappes', zei Stine resoluut. 'Eerst zorgen we dat we bij die deur daar komen.'

'Super', zei Ella.

'Dan schuiven we langs die muur tot we voorbij de draaideur naar de Hartafdeling zijn.'

'Doki', zei Ella.

'Woezel', zei Stine en ze schoot door de draaideur naar binnen. Ella vloog achter haar aan, maar het

lukte haar pas er weer uit te komen nadat ze twee
rondjes met de deur had gedraaid.

Stine moest lachen. Ella was helemaal duizelig toen
ze er aan de andere kant uit kwam.

'Uggy', fluisterde Stine opeens. Op dat ogenblik zag
Ella een dokter. Ze zweefden
een paar meter de gang in en
lieten zich vallen op een leeg,
net opgemaakt bed dat tegen
de muur stond.

'Vouw jezelf netjes op en probeer er zo gewoon mogelijk uit te zien', fluisterde Stine.

'Okidoki', zei Ella en ze spreidde zich uit als een klein dekentje.

De dokter liep gehaast langs met openhangende jas en klepperende klompen. Ella volgde hem met haar ogen tot hij door een deur verdween.

Toen het weer stil was, stegen de spookjes op van het bed en gingen ze verder. Ella keek door de lange gang met de glimmende vloer. Plotseling hoorde ze de ratelende wielen van een bed dat werd verplaatst.

'Uggy', zei Ella geschrokken en ze dook ineen. Want opeens, alsof ze uit de lucht kwam vallen, zag ze de rug van Mottige Marie. Ze kon haar vaag zien door een melkglasdeur.

Stoere Stine volgde haar blik.

'Marie is hier heel vaak', zei ze. 'Maar dat weet je toch wel?'

'Nee', zei Ella verrast. 'Ik weet alleen dat ze af en toe heel geheimzinnig doet als ze thuiskomt. En één keer had ze een bloedvlek bij haar zoom.'

'Dat is niet zo vreemd, eigenlijk', zei Stine geheimzinnig. 'Maar meer kan ik er niet over zeggen. Als je Waarheden verklapt, is dat sjoemelen. Dat weet je toch?'

Marie verdween in een grote, lichte kamer. En had ze niet iets in haar armen?

'Dat weet ik, ja', zei Ella en ze dacht aan de vermanende woorden van Sofia Stuipenophetlijf toen Ella haar Eerste Waarheid had gevonden, die ging over de Voortijd, Natijd en Tussentijd. En over wie je ging worden en wie je was geweest.

'Nu slaan we hier rechts af en kruipen door het sleutelgat van de deur van de linnenkamer', zei Stine.

'Super', zei Ella afwezig en ze keek naar Marie, die helemaal achter in de grote, lichte ruimte door een deur verdween. Net voordat ze weg was, zag Ella wie ze in haar armen hield. Het was kleine Thijm.

HOOFDSTUK VIJF

HET GRUWELIJK RAMPVERSCHRIKKELIJKSTE GEBEURT

'Dit is mijn moeder, Boze Bettina', zei Stoere Stine trots. Boze Bettina kwam tevoorschijn uit het schemerlicht achter de achterste stellingkast in de linnenkamer. Ze was groenig, net als haar dochter, maar groter, en ze had vijf knopen in haar zij.

'Mamma, dit is Enge Ella.'

'De dochter van Magische Mulda', zei Boze Bettina met vriendelijke stem en ze bekeek Ella nieuwsgierig. 'Ik heb je moeder goed gekend. We zijn een keer samen in de grootste wasmachine van de wasserij gewassen. En we konden het meteen goed met elkaar vinden.'

'O, is dat waar?' zei Ella en ze voelde zich even heel erg blij, maar werd meteen daarna weer verdrietig.

'Ja, ik weet dat ze tot een jas is vermaakt', zei Boze Bettina ernstig. 'En nu is ze in geen velden of wegen te bekennen. Dat is absoluut verschrikkelijk.'

'Jullie moeten elkaar weer eens ontmoeten', zei Ella.

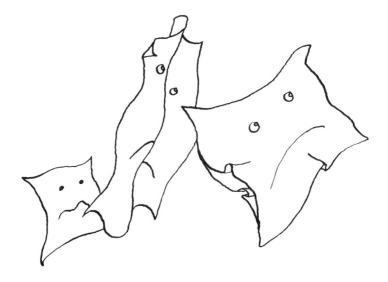

'Ik weet niet in welke velden of wegen ze is, maar ze komt terug. Dat weet ik gewoon. Want wie de regenboog wil zien, moet de regen verdragen', voegde ze er optimistisch aan toe.

'Ja, maar het is nu al zo lang geleden dat ze verdween dat ... Ik heb trouwens nachteten klaarstaan', zei Boze Bettina. 'Je bent uiteraard van harte welkom om met ons mee te eten, Ella. Kom, dan kun je de rest van de familie ontmoeten.'

'Woezel en zweef', zei Ella en ze begroette nieuwsgierig alle spoken die van de planken opstegen. Het waren er veel, zeker veertien. Onder andere Gipsus en Tipsus, Stines neefje en nichtje, en de vrouw van de uitgerekte stretchoom, Slimme Stretcher. Stines vader heette Gruwelijke Gunnar en was 2,20 meter lang en 1,85 meter breed. Hij deed Ella aan Torres Damast denken. Hij schepte op over alle ziekenhuispatiënten die hij in de loop der tijden bang had gemaakt.

Enge Ella probeerde hem te negeren en schoot met een ruk in de richting van de uitpuilende schalen met meringues en taart die op een oude operatietafel tegen de wand stonden. Ze tastte gretig toe terwijl Stines hele familie toekeek. Ze propte telkens twee koekjes tegelijk in haar mond en kauwde fanatiek terwijl ze tevreden knikte.

'Heerlijk', prees ze en ze dronk een groot glas melk met veel suiker erin. 'Ik had zo'n ongelooflijke honger vannacht', glimlachte ze tevreden en ze liet een klein boertje.

Daarna maakten Ella en Stine hun huiswerk. Ze wilden allebei toppers en hoogvliegers worden en zorgden ervoor dat ze hun huiswerk goed maakten. Gipsus en Tipsus keken bewonderend toe. Ze zouden willen dat zij ook zo groot waren dat ze konden beginnen op de SNJOS, Stuipenophetlijfs Nachtschool voor Jonge Ongeschoolde Spoken.

Ella en Stine schreven de twee nieuwe stampwoorden onder de twee andere woorden die ze hadden geleerd:

CONFECTIE
DRAADLOOS
STRETCH
IN DE KNOOP

Toen de woorden met witte inkt waren opgeschreven, klapte Ella haar schrift dicht. Gruwelijke Gunnar schoot een halve meter omhoog van de plank waar hij aan een glaasje room met poedersuiker zat te nippen.

'Nu wordt het tijd dat we naar de naaifabriek gaan om die arme Pinneus Mysac te redden', zei Ella ongeduldig.

'Nee', zei Boze Bettina vriendelijk. 'Stine niet, niet nu het bijna licht wordt.'

'Je zei toch dat we tot de volgende nacht zouden wachten', zei Stoere Stine, die Ella ernstig aankeek.

'Enge Ella moet maar alleen gaan', zei Gruwelijke Gunnar beslist. Boze Bettina was het met hem eens.

'Ik hou zo ontzettend veel van Stine, zie je. Je moet je eigen uggybuggy zelf maar oplossen, Enge Ella.'

Stine keek Ella wanhopig aan.

'Maar ...' zei Stine.

'Niks te maren! Laat Ella maar in haar eentje naar de naaifabriek vliegen als ze zo ongeduldig is.'

Enge Ella en Stoere Stine keken elkaar aan. Ella zag een lichtje in Stines ogen. Ze glimlachten heel even naar elkaar. Ella's slagtandje kwam tevoorschijn.

Daarna keek Ella Boze Bettina aan en zei: 'Ik begrijp wel dat je van Stine houdt en niet van mij. Dus wil ik je bedanken voor de ontvangst en ga ik naar huis, naar de naaifabriek, want ik kan niet tot morgennacht wachten.'

'Ik laat je wel uit', zei Stine en ze zweefde naar de

deur die naar de grote ziekenhuisgang voerde. Ze leek bijna opgelucht dat Ella naar huis zou gaan.

'Tot ziens dan maar', zei Ella en ze wierp nog een laatste blik op Stines familie.

Stoere Stine keek een beetje beschaamd toen ze langs de wand schoten, in de richting van de uitgang.

'Kun je niet gewoon meekomen, ook al mag het niet van je moeder?' vroeg Ella.

'Nee, dat kan ik niet.'

'Ik ga me in ieder geval opwoezelen en Pinneus redden. Hoe heet jouw mens trouwens?'

'Ze heet Gwenny Rosenblad,' zei Stine, 'en ze is bang voor mij', zei ze trots. 'Dus ben ik behoorlijk geslaagd op dat terrein.'

'Op dat terrein, ja', zei Ella. Meer kon ze niet zeggen, want opeens gingen de dubbele deuren automatisch open en reed een vorkheftruck langzaam hun kant op. Op datzelfde moment kwam een dokter in een witte jas uit een kamer.

'Pas op, Ella', riep Stine. 'Dat is de truck en dat is de dienstdoende.'

Ze schoten langs een wastafel. Boven de wastafel hing een grote spiegel. Er was iets raars met spiegels, had ze gemerkt. Stoere Stine vloog vlak naast haar, maar was niet te zien in de spiegel, zag Ella. Wat kon dat betekenen?

'We moeten ons opvouwen', fluisterde Stine.

De vorkheftruck kwam dichterbij.

Stine liet zich langzaam op de gladde vloer vallen, achter een karretje met instrumenten. Ella schoot weg en daalde neer in een grote mand met opgevouwen handdoeken die naast de wastafel stond.

'Uggy', mompelde ze bang en ze probeerde zich netjes in vieren te vouwen zodat ze leek op de handdoeken die al in de mand lagen. Maar nog voordat ze daar helemaal klaar mee was, voelde ze dat iemand haar in haar nekvel greep en omhoogtrok, haar hard heen en weer schudde en haar aan een haakje naast de wastafel hing. Het was de dienstdoende. Hij draaide de kraan open en liet het water over zijn handen stromen. Toen deed hij de kraan weer dicht, greep Ella en droogde zijn grote handen onbarmhartig af aan haar. Op datzelfde moment reed de truck langzaam voorbij en stopte vlak voor de deur naar de linnenkamer. De chauffeur zette de truck in z'n vrij en sprong van zijn stoel.

'Hallo', zei hij tegen de dienstdoende. 'Ik kom even wat beddengoed halen dat naar een ziekenhuis in het buitenland wordt gestuurd.'

De dokter knikte en hing Ella weer aan het haakje naast de wasbak.

De chauffeur verdween door de deur van de linnenkamer en kwam terug met zijn armen vol dekbedovertrekken, kussenslopen en lakens. Hij legde alles op de grote vork en liep weer naar binnen. Enge Ella deed haar stinkende best om te zien of Boze Bettina

of iemand anders van Stines familie in de stapel zat,
maar ze kon niemand ontdekken. Toen de chauffeur
tien keer heen en weer was gelopen met allerlei soorten beddengoed, klom hij weer op de bestuurdersstoel
en trapte het gaspedaal in.

Een verpleegster liep zo hard voorbij, dat haar rubberen zolen zongen.

'Hé!' riep ze. 'Hier ligt nog een kussensloop op de
vloer, hier, achter het instrumentenkarretje.' Ze bukte
en raapte Stoere Stine van de vloer,
vouwde haar netjes op en gooide haar
op de stapel beddengoed.

Ella's adem stokte. De chauffeur
tikte met zijn hand tegen
zijn voorhoofd en groette
de verpleegster dankbaar.
Toen reed hij naar de
vrachtwagen die buiten
stond te wachten.

Stoere Stine werd
tussen twee doodge-
wone lakens gepropt
en in de auto gela-
den.

'Nee!' riep Ella luid.
'Jullie moeten Stine niet
meenemen! Dat mag niet
gebeuren!'

Maar de chauffeur hoorde haar niet. Ella zag door de dubbele deuren dat de vrachtwagenchauffeur het portier aan de bestuurderskant opendeed, instapte en de motor startte. Het ging allemaal zo snel. De vrachtauto kwam langzaam in beweging. En hup, toen was hij weg.

HOOFDSTUK ZES

DE SCHREEUW VAN BOZE BETTINA

ENGE ELLA KON zich een paar minuten lang niet bewegen. Toen ze zichzelf eindelijk van het haakje durfde te haken en aarzelend naar de uitgang van het ziekenhuis zweefde, kwam Boze Bettina met haar puntjes over elkaar heen geslagen door de gang gevlogen. Net toen Ella zich door de draaideuren wilde persen, tikte Bettina haar op haar rug en zei: 'Waar is mijn Stine?' Haar zangerige, hoge stem was gedoopt in een donkere angst.

'Eeeeh, Stine? Wat bedoel je?' Ella frunnikte aan haar ene knotje.

'Waar is mijn Stine?' vroeg Boze Bettina weer. 'Ze is toch niet mee met de vrachtauto?'

Ella keek naar de glimmende linoleumvloer.

'Dat is helaas bovenmatig waarschijnlijk', zei ze zachtjes.

Boze Bettina snakte naar adem van angst en staarde Ella aan met een blik vol haat en woede.

'Als jij hier niet gekomen was, dan was dit niet gebeurd. Waarom heb je haar niet gered?'

'Het ging zo snel', fluisterde Enge Ella. 'Plotseling was ze zomaar foetsie.'

Boze Bettina zakte als een huilend hoopje ellende in elkaar op de vloer. Het was een triest gezicht. Ella wreef met haar ene puntje over haar slagtand en draaide haar knotjes nerveus rond tot ze op twee kleine draaimolens leken.

'Het is rampverschrikkelijk', fluisterde Boze Bettina op de vloer.

'Jepp', zei Ella. 'Mee eens.'

'Kun je niet achter de auto aan vliegen en hem tegenhouden?'

'Het is te laat', zei Ella. 'Zo snel kan ik niet vliegen. De auto is allang de stad in gereden en daar in de straten verdwenen.'

Boze Bettina steeg langzaam op van het linoleum, terwijl ze een zielig gejammer liet horen, een jammerklacht die elke keer dat ze hem zei luider klonk en uiteindelijk overging in een ijselijke, woedende schreeuw:

'Ik ben mijn kleine schrikwezen kwijt! IK BEN MIJN GELIEFDE SCHRIKWEZEN KWIJT!!! MIJN SCHRIKWONDER IS WEG! UUUUHHHHUUUUUUUUUHHHUUUUGGGGRRRRUUUUHHUHHUUUUUUUIL!!!!'

Het geluid van haar stem was in het hele ziekenhuis te horen. Patiënten, dokters en verpleegsters dachten

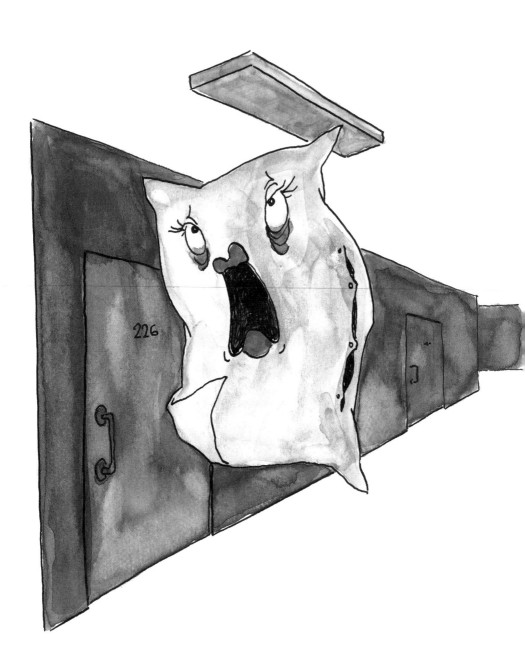

dat het brandalarm afging en kwamen van alle kanten aangerend. Het werd één grote chaos. De patiënten werden wakker en kwamen hun bed uit. Mensen met gebroken benen strompelden rond op hun gips, en mensen die bewusteloos waren geweest, kwamen plotseling met een schok bij en schoten helemaal in de war overeind.

Enge Ella stond bij de draaideur en tuurde verslagen in de schemering. In de verte waren de sirenes van politie en brandweer te horen.

Gruwelijke Gunnar kwam groot en breed door de gang aangezeild en tilde Boze Bettina op in zijn puntjes. Ella zag de ouders van Stoere Stine ongelukkig wegzweven om zich te verstoppen in de linnenkamer. Vlak voordat twee brandweerwagens met gierende banden voor de Eerste Hulp stopten, vertrok Ella door de draaideur en schoot snel over het parkeerterrein naar de straten van de stad. Ella vouwde zichzelf open en deed alsof ze een lap stof was die door de wind werd weggeblazen. Ze fladderde door de straten terwijl de nacht om haar heen langzaam wegrolde. Aan de hemel werd de Maan veranderd in een dun, wit velletje papier boven de daken, met rafelige randjes, alsof hij aan het smelten was. Pas toen ze door de oude appelboomgaard bij de fabriek zweefde, drong tot haar door wat er gebeurd was. Dat deed zo veel pijn dat ze het gevoel had dat ze zonk. Wegzonk in een diepe, diepe zee. En ze wist nu al wat haar te doen stond.

Torres Damast stond vlak achter de deur op haar te wachten, met zijn punten over elkaar geslagen.

'Jij onopgevoed klein voddenreepje', begon hij. Zijn stem werd steeds bozer.

'Hoe durf je zo vroeg naar huis te komen? Het is bijna licht buiten. Jij brengt ons voortdurend in gevaar. Stel je voor, de directeur die 's nachts hiernaartoe komt. Dat is nog nooit gebeurd. Hij is nu gelukkig weer terug naar huis, maar zijn zoon zit nog beneden in de kelder. Het is een hachelijke situatie.'

Enge Ella keek moe naar hem op.

'Dat is nog niet het ergste, oom Torres. Er is iets nog veel verschrikkelijkers gebeurd, weet je.'

'Dat weet ik niet!' brulde Torres Damast. 'Wat kan er nog erger zijn?'

'Dat Stoere Stine door een vorkheftruckchauffeur is meegenomen en in een vrachtauto is geladen, met een heleboel gewoon ziekenhuisbeddengoed. En dat de vrachtauto wegreed en dat ...'

'Verdorie', fluisterde Torres. 'Je gaat me toch niet vertellen dat je het nu ook voor Boze Bettina en Gruwelijke Gunnar hebt verpest? NOU?'

Ella zoog op haar slagtandje.

'Helaas zou het daar wel naar uit kunnen zien', zei ze.

Zodra ze dat gezegd had, werd de grote sleutel in het

sleutelgat gestoken. Torres Damast greep Ella beet en trok haar met zich mee naar het stoffenmagazijn. Het was ochtend. De arbeiders kwamen eraan.

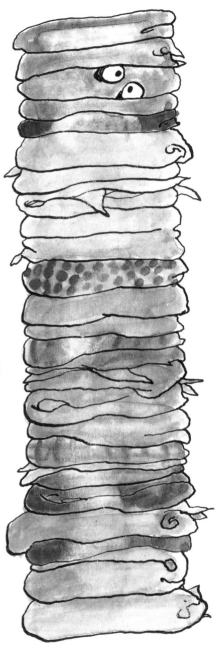

Ella lag wakker op de bovenste plank en luisterde naar de ademhaling van de andere spoken. Marie en Thijm waren ook weer terug. Krimpelientjes kanten randje was weer keurig vastgenaaid. Alle anderen sliepen, dacht ze, tot ze Fietjes fluisterende stem hoorde: 'Nu zijn wíj boezemvriendinnen, Ella, nu Stoere Stine helaas is verdwenen', fluisterde ze.

Maar Ella gaf geen antwoord, want ze wist dat dat niet zo was. Ze dacht aan Pinneus in de kelder. Arme Pinneus in de kelder.

In de fabriek waren de naaimachines aan het snorren. En Hektor Mysac zat in zijn kantoor te telefoneren. Mevrouw Vampe trippelde heen en weer tussen de fabriekshallen, de kantine en het stoffenmagazijn.

Grimmige Grell stond vastgebonden op het voorplein. Ella kon hem elke keer dat er iemand langs het hoge hek liep horen blaffen en grommen.

Op de planken onder haar lagen stapels lapjes en hele rollen met geruite, gebloemde en effen stof. De mensen konden geen verschil zien tussen levende en gewone stoffen.

Niemand, behalve Pinneus, dacht Ella en ze trok zichzelf voorzichtig in de richting van de spleet bij het plafond.

Hektor Mysac zat nog steeds te telefoneren. Hij praatte blijkbaar met iemand die hij aardig vond, want hij lachte veel.

Torres Damast bewoog onrustig en Malou Grassa Damast brabbelde in haar slaap. Ella bleef even liggen luisteren en zweefde toen naar beneden, door de deur, door de gang en door de half openstaande deur van Hektor Mysacs kantoor. Dat was een heel waagstuk. De arbeiders liepen heen en weer door de gang. Maar ze mocht nu niet aan zichzelf denken, ze moest Pinneus bevrijden zodat hij haar kon helpen Stine te vinden.

Ella kronkelde naar het grote bureau van de directeur en bleef daaronder liggen wachten. De directeur bleef maar telefoneren. Ze keek naar zijn grote schoenen. Toen hij zijn stoel ronddraaide en door het raam naar buiten ging zitten kijken, woezelde Ella zich op, zweefde in volle vaart langs het ladenblok en trok met een

kleine, snelle ruk de bovenste
lade open. Daar lag zijn sleutelbos, met de sleutels van alle
sloten.

Die griste ze mee op het moment dat de directeur begon te
lachen.

'HHHHAAAAHAAAHHHAAHA!
HIHOIHIHIHIHAHAHAHAHA-
HA', schaterde hij.

Zijn lach maakte zo'n herrie dat hij niet hoorde dat de
sleutels achter zijn rug ram-
melden. Ella duwde de lade
weer dicht en liet zich op de
grond zakken. De sleutelbos
was zwaar, heel zwaar. Ze kon
er maar nauwelijks mee vliegen. Ze glipte door de kier van
de deur en luisterde even voordat ze snel door de gang zeilde,
naar de grijze ijzeren deur.
Daar verstopte ze zich achter
een paar kartonnen dozen met
klosjes garen die tegen de muur
gestapeld stonden. Ze wachtte
tot het lunchtijd was en alle arbeiders en naaisters en Hektor

Mysac naar de kantine verdwenen om de lunch te eten die mevrouw Vampe had klaargemaakt. Toen vloog ze eindelijk omhoog naar het grote hangslot en probeerde de sleutels een voor een. Maar geen ervan paste. Ella hoorde de stemmen uit de kantine. Ten slotte was er nog maar één sleutel over. Met een klikje ging het slot open. Ze haakte het los, legde het op de vloer en trok de zware deur open.

※

Er scheen koud licht uit het eenzame peertje aan het plafond. Pinneus zat op een kleine stoel te staren naar kleermaker Rivenbolt, die voorovergebogen op de tafel lag te slapen. De bruidsjurk golfde schuimend over de randen van de tafel.

Pinneus luisterde. Hij hoorde een geluid boven bij de deur. Hij wreef zenuwachtig met zijn handen over zijn pyjamabroek. Er kwam iemand aan. Een koude rilling liep over zijn rug. Was dat zijn vader? Was het mevrouw Vampe?

Hij was zo bang. Zijn fantasie woelde donker door zijn gedachten. Wat moest hij zeggen? Hij dacht niet dat hij een woord zou kunnen uitbrengen. Zijn stem zou verschrompelen tot een geluid dat niemand kon horen.

Ella luisterde. Het was stil. Er kwam geen enkel geluid uit de kelder. Wat was er met Pinneus gebeurd?

Pinneus voelde hoe de tranen achter zijn ogen stonden te dringen. Maar toen, opeens, was Enge Ella er. Ze fladderde heen en weer door de vochtige kelder, klapte in haar puntjes en liet zich in lange golven van het plafond naar beneden vallen.

Pinneus stond snel op.

'Ella, eindelijk', fluisterde hij.

Ella wervelde een paar keer om het eenzame gloeilampje heen. De oogleden van kleermaker Rivenbolt trilden een beetje. Misschien droomde hij dat hij vrij was en dat er een vlinder boven zijn hoofd fladderde, dacht ze en ze vloog naar Pinneus toe, tilde haar ene puntje op en trok zachtjes aan zijn haar.

'Kom, Pinneus', zei ze. 'Onverzettelijke geest. Woezel! We smeren 'm.'

HOOFDSTUK ZEVEN

DE TEKENS AAN DE WAND

ENGE ELLA EN Pinneus Mysac wisten ongezien via een achterdeur uit de naaifabriek te komen. Ze liepen vlak langs de muur, haastten zich vervolgens door de achtertuin die vol appelbomen stond en slopen naar buiten door een oude, roestige poort in het hek. Een paar akkertjes strekten zich uit tot aan een groepje grote bomen. Pinneus, die op blote voeten was, voelde dat zijn pyjama geen warmte gaf. Hij rilde.

'Knoop mij om je nek', beval Ella. 'Dan gaan we naar jouw huis.'

Pinneus deed wat ze zei. Hij volgde het hek en liep om het fabrieksterrein heen, ging toen bedaard op de weg lopen. Hij zag er misschien een beetje vreemd uit. Een jongen in pyjama, op blote voeten en met een witte sjaal om zijn nek.

'Rivenbolt viel wel mee', zei hij. 'Hij heeft nog nooit eerder een bruidsjurk genaaid, alleen maar jassen.'

'Jassen?' vroeg Ella en ze rilde.

'De kleermaker is ook bang voor mijn vader', ging

Pinneus verder. 'Hij moet proberen de mooiste bruids-jurk van de wereld te maken.'

'Voor wie?' vroeg Ella.

'Weet ik niet', zei Pinneus. 'Hij mag pas uit de kelder als dat gelukt is.'

Enge Ella vertelde wat er met Stine was gebeurd.

'Daarom heb ik je hulp nodig.'

'Alweer', zei Pinneus.

'Klopt', zei Ella. Nog niet zo lang geleden hadden Stoere Stine en zij tijdens de les terreinvliegen naast el-kaar gevlogen, in hun eerste nacht op de Nachtschool. Ze deed haar ogen dicht en zag de brede kussensloop-grijns van Stine voor zich. Lieve Stine.

Aangekomen op de Kastanjeweg 12 holde Pinneus door de brede oprijlaan naar het roze stenen huis met de boogramen. Daar maakte hij Ella los en liep meteen naar zijn kamer, trok zijn pyjama uit, kleedde zich snel aan, haalde alle bankbiljetten uit zijn spaarpot, liep naar de keuken en sneed vier dikke boterhammen die hij in recordtijd opat. Tot slot dronk hij twee grote glazen sinaasappelsap.

'Weet je wel hoe kwaad mijn vader zal zijn als hij merkt dat ik gevlucht ben?' zei hij terwijl hij het lege glas met een klap op het aanrecht zette.

'Hij is sowieso altijd kwaad', zei Enge Ella.

'Wijze woorden', zei Pinneus en hij knoopte Ella weer om zijn nek.

'Niet zo stijf', zei ze en ze rukte even met haar lichaam.

Pinneus maakte de knoop wat losser.

'Wat nu?'

'We hebben geld. En jij moet het paspoort van die
Indiase jongen meenemen. Dat je ...'

'Dat ik ...'

'Ja, dat je op het grote vliegveld gestolen hebt toen
we naar Parijs gingen.'

'Nee, hè', zei Pinneus.

'Ja, hè', zei Ella. 'We moeten Stine vinden. En we
moeten ons goede humeur bewaren. Ons slechte humeur ook, trouwens', voegde ze eraan toe.

Pinneus Mysac moest lachen. Hij liep de gang in en
trok zijn jas aan, ging naar buiten en deed de deur
achter zich dicht.

Enge Ella glimlachte tevreden. Pinneus had
blosjes op zijn wangen.

'Naar de linnenkamer van het Grand
Hotel', beval ze. 'Daar woont die vreselijke juf van me, Sofia Stuipenophetlijf. Ik moet haar om raad
vragen.'

'Oké', zei Pinneus Mysac en
hij liep resoluut het hek
uit. Hij sloeg links af en
liep in de richting
van de stad, terwijl

hij met onbewogen gezicht voor zich uit keek. Mensen liepen haastig voorbij, alle kanten op. Auto's toeterden en een bus gaf vlak naast hen gas en spoot zijn uitlaatgassen recht in Ella's gezicht.

Pinneus Mysac liep snel in de richting van de Hoofdstraat. Hij bleef voor rood licht staan en wachtte tot het groen werd.

'We komen in de buurt', zei Ella toen ze langs de wasserij kwamen. 'We moeten door die draaideur met gouden letters, daar verderop. Het is een sjiek hotel, zie je.'

Pinneus keek naar links en naar rechts voordat hij achter een man met een diplomatenkoffertje aan door de draaideur liep.

In de lobby waren veel keurig geklede mensen. Sommigen droegen koffers, anderen hadden een krant in hun hand. Enge Ella fluisterde korte bevelen in Pinneus' oor.

'Loop dwars door de hal, langs dat kamermeisje, de trap naar de kelder af. Doe alsof je een gewoon mens bent.'

'Ik bén een gewoon mens', zei Pinneus.

'Dat is ook zo', zei Enge Ella. 'Dat was ik even vergeten. Hier is de deur van de linnenkamer. Wacht jij maar buiten.'

Sofia Stuipenophetlijf wachtte in het verste, donkerste hoekje op Ella. Kasten van staal en hout bedekten de wanden van de donkere kamer. De juf zat op een glimmend rolkarretje.

'Daar gaan we weer met jou', zei ze streng.

'Ja', zei Enge Ella en ze ging op dezelfde draaikruk als de vorige keer zitten. Ze staarde naar de trillende witte puntjes van Sofia Stuipenophetlijf. Enge Ella was bleek.

'Dus je weet dat er een kleine ramp is gebeurd? Boze Bettina heeft de hele nacht van angst zitten gillen op het dak van het ziekenhuis. We hebben het hier niet over zomaar een kleine ramp. Haar geschreeuw is in de hele stad te horen. Bewakers, brandweerwagens en politieauto's rijden af en aan omdat ze denken dat het alarm de hele tijd afgaat.'

Ella zoog op haar slagtandje.

'Stoere Stine is in een vrachtwagen geladen. Het gebeurde gewoon. Ik heb geen idee waar ze naartoe is. Het is de hele tijd zo'n gedoe.'

'Jij bent zelf de oorzaak van al dat gedoe, Ella.'

Enge Ella trok aan haar ene knotje.

'Ik heb in ieder geval Pinneus Mysac uit die verschrikkelijke kelder gered. Hij is bang voor zijn vader. Kinderen horen toch niet bang te zijn voor hun vader? En dan heb je die nare secretaresse nog, mevrouw Vampe, die aan een reptiel doet denken.'

'Ik wil niet dat je neerbuigend over reptielen praat',

zei Sofia Stuipenophetlijf scherp. 'Die zijn op de aarde gekomen vlak nadat de oudste steen het wereldruim verliet en in de oceaan viel, vlak bij de Nuvvuagittuq-groensteengordel. Bovendien is die Pinneus van jou een mens.'

Sofia Stuipenophetlijf had haar gevaarlijke glimlachje en haar rustige stem weer opgezet. Dat waren tekens die Ella elke keer weer verkeerd opvatte. Ella vergat dat hoe zachter de juf praatte, hoe gevaarlijker ze was.

'De aardbol is 4,6 miljard jaar oud, juf. Ik heb goed opgelet', zei Ella. 'Maar nu moet ik de vrachtwagen vinden.'

'Je krijgt deze keer minder aanwijzingen. En ik waarschuw je, het zal niet gemakkelijk zijn die auto te vinden, Ella. Het is niet zo dat je gewoon op pad kunt gaan en dan komt alles wel in orde. En het is te vroeg. De waarheden komen te snel.'

'Die dingen gebeuren gewoon', zei Ella. 'Het is heel erg uggy, maar ik heb een onverzettelijke geest, sterrenkracht en mirakelgeloof. Mijn moeder zei altijd ...'

Sofia Stuipenophetlijf onderbrak haar.

'Jouw moeder was magisch, Ella, maar ze is hier niet meer.'

'Nee, nu even niet. Maar ze komt weer terug.'

Sofia Stuipenophetlijf siste zachtjes.

'Ik denk dat al dat geüggybuggy met jou gebeurt omdat je geen moeder hebt.' Ze zeilde een paar keer door de kamer. 'Er is niemand die jou corrigeert of zich echt om jou bekommert. Daarrrrom gebeurrrt dat!'

Ella voelde hoe de woorden van haar juf zich in haar vastbeten. Dat trieste gevoel overviel haar weer.

'Ik heb wél een moeder', fluisterde ze. 'Ergens', voegde ze eraan toe en plotseling hoorde ze de vage ademhaling van de andere spoken in de kamer.

'Je moet naar de Zevende Ster gaan. Om alle zeeën en steden van de wereld te kunnen zien. En dat kan erg gevaarlijk zijn.'

'Moet dat echt?'

'Ja, Enge Ella. Je moet die vrachtwagen vinden. Toen je Flinke Fietje terug moest vinden, had je een telefoongesprek afgeluisterd, waarin de directeur zei dat ze naar Parijs was gestuurd. Deze keer hebben we geen idee van de plaats van bestemming.'

'Moet ik dan maar gewoon door de Melkweg zwerven, is dat je plan?'

'Dat moet je zelf maar ontdekken, klein obstinaat stofreepje.' De juf ging verder: 'Ik moet je nog op één ding wijzen. De zon is levensgevaarlijk voor spoken.'

'O?'

'Als je te dicht bij de zon komt, dan zul je ...'

'Dan zal ik wat, juf?'

Sofia Stuipenophetlijf zweefde naar beneden en ging weer op het karretje zitten.

'Sommige planeten draaien in een baan om de zon. Planeten zijn kleiner dan sterren. Ik ben degene die bepaalt wanneer een leerling klaar is voor hemeltochten. De Nachtschool is een platform voor onderwijs. Je moet je perfectie niet te vroeg ontwikkelen, Ella.'

Ella keek haar aan.

'Is dit nou wat ze bijles noemen, juf?'

Sofia Stuipenophetlijf pakte een stukje zwart krijt en schreef met woeste bewegingen op de ruwe muur:

MARS

JUPITER

VENUS, OOK WEL DE MORGENSTER EN AVONDSTER GENOEMD

SATURNUS

URANUS

NEPTUNUS

PLUTO

Ella keek naar de namen van de planeten.

'Waarom heeft Venus drie namen?'

'Omdat Venus drie namen heeft. Als het winter is aan de ene kant van de aardbol, is het dag op de andere en omgekeerd. Zorg dat je dat snel leert, want de tijd gaat snel.' Sofia Stuipenophetlijf schreef met grote letters op:

DE ZON!

'Daar staat "De Zon", klein mottig dekbedhoesje.'

'O ja?'

'De zon kan je verbranden, Ella. Als je niet op tijd

naar beneden komt, en het wordt dag, en de zon komt op ...'

'Ja?'

'Het is honderdvijftig miljoen kilometer naar de zon', siste Sofia Stuipenophetlijf. 'En het is vijftien miljoen graden daarboven. De Zevenster ligt weliswaar een aardig stukje bij de zon vandaan, maar wel zo dichtbij dat je door vlammen wordt opgegeten als je niet op de aarde terugbent voordat de stralen hun tentakels naar je uitstrekken.'

'Dat klinkt erg naar. Ik moet me maar goed opwoezelen, en focus en een vaste koers aanhouden.' Ella's gezicht vertrok tot een grimas, zodat haar slagtandje te zien was.

Sofia Stuipenophetlijf zuchtte diep.

'Weet je, Ella', zei ze. 'Ik heb zo ongelooflijk schoon genoeg van je.'

'Dat snap ik best', zei Ella begrijpend. 'Ik heb ook genoeg van mezelf als ik eerlijk moet zijn. En dat moet natuurlijk', voegde ze eraan toe. 'Maar ik kan naar de maan gaan om Stine te redden.'

Sofia Stuipenophetlijf draaide zich naar haar om.

'Je gaat niet naar de Maan. Je moet naar de Zevenster. En je moet helaas langs een supernova zien te komen.' Sofia Stuipenophetlijf keek haar peinzend aan.

'Een supernova, dat klinkt helemaal super!'

'Dat is het niet, Ella.'

'Niet?'

'Je moet oppassen, Ella. Een supernova kan in een zwart gat veranderen. Vele sterrenstelsels hebben daar tevergeefs tegen gevochten. Zelfs jetstralen en warme gassen uitspuwen kan de vernietiging niet helpen voorkomen. Je moet oppassen. Luister naar me en knoop dit in je oren.'

Ella staarde haar aan en trok aan haar andere knotje.

'Als je in een zwart gat valt, kan dat noodlottige gevolgen hebben.'

'Hoe ziet een zwart gat eruit?'

'Een zwart gat is ontstaan uit een dode ster en trekt

je naar het Niets. Het is een zwaartekrachtveld. Je kunt ook gespaghettifiseerd worden.'

'Gespaghettifiseerd? Hebben ze daarginds ook tomatensaus?'

'Het zwaartekrachtveld kan je naar zich toe trekken zodat je net zo lang en dun wordt als een spaghettislicert.'

'Oei, potverzingende zomen.'

'En dan heb je nog de Relativiteit. Ruimte heeft drie dimensies: links en rechts, naar voren en naar achteren, omhoog en omlaag. De vierde dimensie is de tijd. Dus Tijd en Ruimte.'

'Tijd en Ruimte', herhaalde Ella.

'In sterke krachtvelden wordt de manier waarop de tijd verstrijkt, verstoord. Je moet oppassen voor de waarnemingshorizon.'

Ella staarde Sofia Stuipenophetlijf sprakeloos aan.

'Zet koers naar Venus, sla dan de Melkweg in. Ga rechtsaf bij de rotonde en dan zul je de Zevenster zien. Hij heeft zeven punten, richt je daarop. Wijk absoluut niet af van je weg. En kom terug voordat de zon je verbrandt.'

Ella keek naar de muur waar Sofia Stuipenophetlijf 'Zevenster' opschreef, met grote, erg grote letters: ZEVENSTER.

Sofia Stuipenophetlijf zweefde tot vlak voor Ella's neus, en fluisterde: 'Ik zie je in de haven, als je bij de Zevenster bent geweest. Als je de vrachtwagen hebt gevonden en je hebt ontdekt waar hij naartoe gaat, zal ik je een naam en een waarschuwing meegeven. Nu moet je naar het dichte bos achter de naaifabriek gaan, aan de andere kant van de appelboomgaard. Maar je moet wachten tot het donker is. Daar zal oude Mottige Marie op je wachten, bij de grote eik.'

'Dat klinkt gevaarlijk, juf. Ik zal de lucht in schieten, als een kanonskogel. Ik zal in volle vaart omhoogvliegen.'

'Het is ook gevaarlijk.'

'Maar hoe weet ik hoe de Zevenster eruitziet?'

'Vlieg naar de Maan, en erlangs. De Zevenster is doorzichtig, als glas of ijs.'

'En verder heeft hij misschien zeven punten?'

'Dat heb ik toch al gezegd. Ik denk dat je het misschien wel redt.'

'Omdat?'

'Omdat jij lichter en sneller kunt vliegen dan de anderen.'

'En waarom denk je dat ik dat kan?'

Sofia Stuipenophetlijf glimlachte naar haar, stak haar ene puntje uit en trok Ella voorzichtig omhoog uit haar stoel.

'Omdat jij dingen niet zo zwaar neemt, Enge Ella. Het is gemakkelijker om jezelf te redden als je alles niet zo zwaar neemt.'

HOOFDSTUK ACHT

IN DE GROTE EIKENBOOM IN HET DONKERE BOS

WAAR DE AKKERS ophielden, begon het donkere bos.

Eerst was het gewoon een boom en dan nog een, maar dan kwamen er steeds meer bomen en uiteindelijk was het bos zo dicht dat de bomen hun takken in elkaar gevlochten hadden. Alsof ze elkaars handen vasthielden.

Pinneus Mysac was in de grootste eikenboom geklommen. Hij had het koud. Het was bijna helemaal stil, hij hoorde alleen heel ver weg het geronk van de auto's in de stad. Hij keek omhoog naar de sterren, die op gele citroensnoepjes leken. Hij had over de sterrenbeelden gelezen. Ze heetten Arend, Lier, Dolfijn en Zwaan. Bij de hals van de Zwaan zou zich een zwart gat bevinden. Dat had Pinneus ook aan Ella verteld. De maan was groot en rond. Als hij omhoogkeek, leek het net of de maan verstrikt was geraakt in de takken van de boom. De maan was 3.900.000.000 jaar oud. Ella had dat getal met witte inkt op zijn hand geschreven.

Hij kende het getal uit zijn hoofd, maar wist niet hoe je het moest uitspreken. Drie biljoen negenhonderd miljoen misschien? Of drie miljard negenhonderd miljoen?

Oude Marie was naar de eik gekomen om Enge Ella op te halen en had haar meegenomen zodat ze zichzelf vanaf het dak van de naaifabriek het Heelal in kon schieten. Pinneus zag hun omtrekken toen ze tussen de donkere bomen door wegzweefden. Hij vond het een beetje eng. Wat moest Marie aan Ella uitleggen?

De nachthemel was vol grote, grijswitte wolken. Ze kwamen uit het westen en zagen er van onderen plat uit, maar waren van boven rond en bol. Ella had hem geleerd dat er verschillende soorten wolken waren. Ella had gezegd dat ze langs de maan moest vliegen en dat hij haar misschien als een schaduw kon zien als ze langs die oplichtende bal schoot. Het vlekje op het midden van de maan was een soort zee zonder water. Die heette Mare Crisium. De eerste foto's van de achterkant van de maan waren gemaakt door een Russisch ruimteschip. Er was ook een hond aan boord van dat ruimteschip. Die heette Laika, maar ze was na zeven dagen doodgegaan vanwege de hitte. Arme hond, dacht Pinneus. Laika was niet zo'n hond als Grimmige Grell. Laika was een lieve hond geweest. Hij betrapte zichzelf erop dat hij zou willen dat ze Grimmige Grell het Heelal in schoten om daar te sterven.

Enge Ella stond op het dak van de naaifabriek en keek omhoog langs de lange schoorsteenpijp. Ze keek naar de voddige restjes draad die langs de rand van de dakgoot manoeuvreerden. Dat was oude Mottige Marie, die op het dak klom.

Enge Ella keek haar aan.

'Jij zit niet meer zo strak in het pak, Marie. Het ziet er echt grappig uit als je losse draden langs de dakgoot slieren.'

Marie legde een puntje op haar borst en zei met haar krakerige stem: 'Wil je nog over de Zevenster horen, kind?'

'Nou ja, willen. Heb ik een keus?'

Oude Mottige Marie keek haar verdrietig aan. Haar ene schouder was door de motten aangevreten en overal staken losse draden uit haar lichaam. Ella voelde zich opeens ontzettend klein en ontzettend eenzaam. Het was niet waar wat Sofia Stuipenophetlijf had gezegd, dat ze de dingen niet zo zwaar nam. Dat hing er maar van af wat het was. Dat Mulda weg was, nam ze ontzettend zwaar op. En het was vreselijk dat Boze Bettina haar gekwelde schreeuw over de hele stad liet schallen. Het geluid sloeg hen in korte, afgebroken brokstukken tegemoet: 'kwijt ... mijn kleine geliefde schrikwonder ... mijn kleine wezentje ...'

'Dat is een megatel', fluisterde ze de nacht in.

Een megatel was het tegenovergestelde van een baga-tel. Dat moeders hun kinderen kwijtraken, was ramp-verschrikkelijk.

'Wat deden Thijm en jij trouwens gisternacht in het ziekenhuis, Marie?'

Oude Mottige Marie gaf geen antwoord op haar vraag.

'Dat met Stine had voorkomen kunnen worden', zei ze langzaam.

'Natuurlijk had dat voorkomen kunnen worden, maar nu is er geen ontkomen meer aan. Zo is de situatie nu eenmaal. Maar ik ben een topper en een hoog-zwever. Ik sta hier in de nacht te glimlachen, zelfs zon-der ingenaaide lachplooien. Is het waar wat Sofia Stui-penophetlijf zei, dat je kunt verbranden in de zon?'

Marie zuchtte diep.

'Voor de zon moet je oppassen. Het is koud daar-boven in het Heelal, mijn kind. Als je in slecht weer terechtkomt en nat wordt, kun je bevriezen en in ijs veranderen. Er zijn vannacht nimbostratuswolken.'

Ella trok aan haar ene knotje.

'Ik ben nu al stijf van angst', zei ze en ze dacht aan haar moeder, die een keer op weg naar huis, naar de naaifabriek, nat was geworden en was bevroren. Ze was op een akker gevallen, boven op een grote pompoen. Ze was voor dood blijven liggen en de sterren hadden zich gespiegeld in haar ijslichaam. Pas toen de zon op-kwam, ontdooide ze en kon ze naar huis.

'Maar de zon heeft mijn moeder ooit ontdooid.'

'Spoken redden zich wel als ze op de aarde zijn, want dan is de zon heel ver weg. Maar daarbóven.' Marie maakte een vermoeid gebaar met haar hoofd. 'Daar kunnen spoken verbranden. Alleen mensen hebben de zon nodig om te overleven.'

'Misschien moet ik maar naar de kosmos vliegen nu de nacht nog jong is. Zodat ik weer beneden ben voordat het dag wordt.'

Mottige Marie keek haar aan.

'Je moet proberen af en toe op een luchtstroom uit te rusten, en als je de weg terug naar de aarde moet vragen: de aarde heet Tellus, vergeet dat niet.'

'Tellus, maar wie kan ik dat vragen?'

Marie gaf geen antwoord.

'Kijk uit voor de zwarte gaten, dat kunnen de poorten zijn naar andere universums. Het zijn onzichtbare zones van duisternis, grenzen van tijd en ruimte.'

'Dat weet ik.'

Oude Mottige Marie tilde haar ene puntje op en wees.

'Je moet langs de maan en de waarnemingshorizon vliegen om bij de Zevenster te komen. Als je in de buurt komt van een zwart gat is er een beweging die zo snel gaat, dat de wrijvingswarmte tot een paar miljoen graden Celsius kan oplopen.'

Ella deed heel even haar ogen dicht, opende ze toen weer en keek naar al dat zwart. De sterren en planeten waren niet meer dan piepkleine stipjes heel ver weg. Ze slikte en stak haar slagtandje uit.

'Oké', zei ze. 'Ik moet gewoon niet vergeten van koers te veranderen en signalen op te vangen. Het komt vooral aan op buikgevoel, sterrenkracht en mirakelgeloof.'

Oude Mottige Marie aaide haar over haar bol en zei: 'Als je te ver doorvliegt, kun je de sterren van de Melkweg uit het oog verliezen en zelf een deel van het Universum worden.'

'Oké', zei Enge Ella en ze slikte. Ze voelde hoe de nachtwind aan haar rukte en trok. Ze kon zich maar net zo goed opwoezelen en zich erin storten, dacht ze, dus woezelde ze zich op en stortte zich erin.

HOOFDSTUK NEGEN

ENGE ELLA EN DE ZEVENSTER

Enge Ella schoot als een raket naar de hemel. Ze moest al haar stokpaardenkracht gebruiken om naar boven te komen. Het was koud en de wind duwde haar voortdurend uit de koers. Haar knotjes trilden heen en weer. Door het dunne wolkendek zag ze de maan, die een zwak licht gaf. Ze deed even haar ogen dicht.

Plotseling zat ze midden in een dikke wolk. Ze raakte haar gevoel voor richting kwijt en hoorde heel ver in de diepte de echo van de stem van Boze Bettina: ... k-w-ij-t ... mijn ... schrik ... wooo ... nder ... Het geluid sloeg de stilte stuk.

Enge Ella flapperde met haar puntjes om door de wolk heen te komen. Toen ze eindelijk aan de andere kant naar buiten kwam, was ze plotseling weer op weg naar beneden, naar de aarde. Ze stopte, maakte een U-bocht en zette weer koers naar de hemel. Het was moeilijk om op de juiste koers te blijven, want ze had geen hemelkaart die ze kon volgen. Ze moest gewoon op haar gevoel vliegen, de goede kant op. In de verte zag ze Venus. Die had een paar vliesdunne witte wolken om zich heen en heette zowel de Morgenster als de Avondster. Nu zal hij wel de Avondster heten, dacht Ella. Omdat het nacht is.

Hoe hoger ze in de atmosfeer kwam, des te stiller werd het. De aardbol werd steeds kleiner onder haar. Die heette Tellus. Alles was stil, op een merkwaardig lege manier. Als de stilte na een vleugel die net had bewogen. Nu was ze ver weg van de mensen. De afstand tussen de sterren werd slechts onderbroken door jagende wolken van gas en stof. Ze keek naar de grote maan. Die had een soort gezicht. Ella zweefde eromheen. Ze was er zo dichtbij dat ze kon zien hoe deeltjes zich losrukten en wegdwarrelden.

Je moeder komt nooit meer terug. Ze hoorde de stem van Flinke Fietje in haar hoofd. 'Nooit' was een vreselijk woord. Focus en een vaste koers, kleine Ella. Focus.

Enge Ella vermande zich en richtte zich op een punt dat bijna onzichtbaar was. Een piepklein licht vlekje in al dat zwart. Zou dat de Zevenster kunnen zijn? Ze was zelf ook niet meer dan een klein puntje, alsof ze een geheime, onzichtbare cirkel om zich heen had.

Door het geruis van het niets drong een ander, stiller geluid tot haar door. Het was het geluid van angst. Ze was bang, vreselijk bang. En vreselijk eenzaam.

Toen ze Venus naderde, zag ze dat die het licht van de maan weerkaatste, alsof er een grote spiegel naast was gezet. Maar de spiegel was bedekt met witte sluierwolken.

Ze wierp weer even een blik op de aarde voordat ze wegzwenkte en langs Venus vloog, precies zoals Sofia Stuipenophetlijf gezegd had dat ze moest doen.

Ze zweefde langzaam om de planeet met de drie namen heen en bevond zich plotseling aan de achterkant. Daar was het donkerder, maar tegelijkertijd lichter. Vlak voor haar lag de Melkweg. Die leek op een vierbaansweg, een snelweg bedekt met een dun laagje zilveren sterren en ijskristallen. Het was zo mooi dat Ella twee seconden stopte, gewoon om van het uitzicht te genieten.

Als je te ver weg vliegt, word je zelf een deel van het Universum. Dat had Marie gezegd.

Ella moest op de Melkweg zien te komen. Ze zweefde de rotonde op en draaide een paar rondjes. Ze deed haar mond open. Dat had ze niet moeten doen, want toen ze pardoes een sterrennevel binnenvloog, kreeg ze een heleboel sterrenstof in haar mond. Ze nam de eerste afslag links en volgde die weg, hoestend en kuchend en kokhalzend. Na een poosje was ze zo duizelig dat ze bijna de berm in rolde. Ze moest oppassen dat ze niet in de diepste duisternis viel.

Ten slotte wist ze de Melkweg weer te bereiken. Na nog een paar keer hoesten was ze het sterrenstof kwijt.

Toen ze omhoogkeek, zag ze in de verte een rood-achtig randje. Een paar smalle gasstromen vormden oranje draden die naar de rand werden getrokken.

'Oei, uggy.'

Wat had Sofia Stuipenophetlijf ook alweer gezegd? De waarnemingshorizon, had ze gezegd. Dat moest hem zijn. Dat was de plek waar ze gespaghettifiseerd kon worden en in een gevaarlijk zwart gat kon vallen. Ella bleef stil hangen in de lucht. Ze staarde naar de sterrengordel onder zich, en ze luisterde. Naar de stil-te, naar het geluid van alles wat niet bestond. Of mis-schien van alles wat wel bestond, maar waar ze niets van wist. Omdat het te groot voor haar was.

Om bij de Zevenster te komen, moest ze langs de waar-nemingshorizon vliegen.

'Woezel en zweef!' riep ze. Het geluid van haar iele, montere stem verdween in de grote, grote duisternis. Ze rolde zichzelf op en maakte zich zo dun als een pijl. Toen schoot ze naar voren. In de buurt van een zwart gat komen zulke snelle bewegingen voor dat de tempe-ratuur door de wrijving kan oplopen tot wel een paar miljoen graden.

Plotseling was er vlak bij haar een explosie. Het klonk als een Big Bang. Een golf van kleine sterren gutste uit een zwart gat en er sloeg haar een verzengende hitte tegemoet. Ella stopte en sperde haar ogen open.

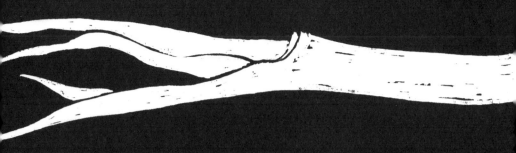

'Uggy!'

Dat moest een reusachtige supernova zijn die een ster liet ontploffen. Maar welke ster? Enge Ella herinnerde zich opeens de namen van een paar sterrenbeelden. Adelaar en Lier ... en de Zwaan. Misschien was dit de Zwaan? Iets verder naar het oosten, bij de hals van de Zwaan, zou een zwart gat zijn. Soms wist je gewoon dat er iets verschrikkelijks ging gebeuren.

Omdat ze afgeleid werd door die gedachte, en omdat ze werd verblind door de explosie, was ze plotseling te ver door gevlogen.

Ze was de sterren van de Melkweg uit het oog verloren. Als je ver genoeg vliegt, word je zelf een deel van het Universum. Ella voelde hoe ze naar buiten werd getrokken, weg. Langzaam, maar tegelijkertijd met een harde ruk. Het zwaarteveld in het gat kan zich naar je toe trekken zodat je net zo lang en dun wordt als een spaghettisliert.

'Uggy!' riep ze, maar het was te laat. Haar stoflijfje werd uitgerekt. Het deed pijn, alsof iemand haar in stukken probeerde te scheuren. Het gat lag op de loer als een boosaardig beest. Het opende zich, klaar om haar in zich op te zuigen.

Pinneus had zo naar de hemel in het oosten zitten sta-ren, dat hij een stijve nek had gekregen. Hij zag niks, de hemel was één groot, donker vlak. De maan was op-zijgeschoven en achter het dak van de fabriek verdwe-nen. Pinneus klom uit de grote eikenboom. Hij had het koud en hij voelde zich eenzaam. De wind woei door zijn kleren heen. Hij haalde een chocoladereep uit zijn zak, scheurde het papiertje eraf en nam een hap. Het smaakte heerlijk. Hij keek omhoog, naar de donkere hemel en bedacht dat er zo veel werkelijkheden be-staan. Ella zou straks weer terugkomen. Bij hem.

Pinneus liep over de akkers, door de appelboom-gaard, waar de appels aan de takken waren bevroren. Hij liep naar de fabriek en keek naar binnen door een van de hoge boogramen. Er zweefde daarbinnen iets rond, in grote, witte golven. Plotseling zag hij een schaal voorbijzeilen, met gebakjes met suikerglazuur en rode bessen en met roze en witte meringues. Hij had honger. Ontzettende honger, maar hij was vooral bang. De angst werd tot een enorm lawaai binnen in hem.

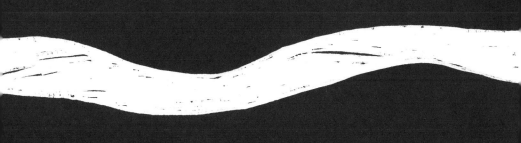

De afschuwelijke pijn scheurde Ella bijna doormid-
den. Ze werd langwerpig en dun, erg langwerpig en
erg dun. Ze vocht ertegen. De pijn gleed langs haar
zijden, volgde de lijnen van haar naad. Ze probeerde
haar puntjes op te tillen, maar dat lukte haar niet. Ze
probeerde zich te concentreren op een herinnering
terwijl ze langzaam, langzaam naar het verschrikkelijke toe gleed. Naar het einde. Als een smal wit lint naar
haar ondergang. Ze voelde opeens de armen van het
zwaartekrachtveld die log aan haar rukten en trokken.
Daarbeneden was niks. Geen dimensies. Beneden in
het Zwarte Gat was alleen maar duisternis en nog eens
duisternis. Ze zou in tijd en ruimte worden verwron-
gen. En zo zou alles voorbij zijn.

*

Pinneus klom weer in de eikenboom, trok zijn jas ste-
viger om zich heen en staarde omhoog, door de dikke, kale takken. Het was gaan miezeren. De scherpe

druppels prikten in zijn gezicht.

'Kom weer naar beneden, Ella', fluisterde hij. 'Je bent een fraai stukje stof van vrij normale kwaliteit. Ik ken niemand met wie het zo gezellig is als met jou, lieve Ella ...' Pinneus staarde naar de hemel. Zijn onderlip begon te trillen.

'Ik was nergens zo bang voor als voor spoken, tot ik jou leerde kennen. Nu is er niks op de wereld waar ik minder bang voor ben dan voor spoken.'

Net toen hij dat gezegd had, piepte de maan achter de schoorsteenpijp vandaan. Het licht gleed over de appelbomen en de akkers. Ver weg huilde een uil.

✳

Ella was buiten de Tijd en de Ruimte geraakt. Toen gebeurde er iets, vlak naast haar. Een klein vlammetje. Een heel klein flikkerend lichtje, als een zwak hart. Ter grootte van een stofkorreltje. Focus, lieve Ella, focus en een vaste koers. Jij bent duizend sterren waard. Een herinnering streelde haar, teder. Een groot stenen plein tussen bogen. Een heleboel plassen. De maan die zich in de plassen spiegelde en een heleboel manen werd. Ze hoorde haar eigen stemmetje: 'Het lijkt net of er een heleboel manen in de plassen zijn, Victor.'

'Ja, er zijn duizenden manen op de grond. Maar aan de hemel is er maar een. Jij bent een kleine engel, Ella.'

'Ik ben geen engel, ik ben een spook. Ik heb helemaal geen veren op mijn rug.'

'Dat komt op hetzelfde neer.'

Dat was Victors stem, Victor uit het Louvre, aardige Victor uit het Louvre. Victor die haar geholpen had De Eerste Waarheid te vinden.

Ella voelde een sprankje kracht, dat zich van haar onderste naden opwerkte tot aan haar knotje. Ze was een zwever, een topper en een zwever. Potverzingende zomen, ze zou zich toch zeker niet door zo'n zwart gat laten wegzuigen van alles wat ze had.

'Woezel', zei ze. Eerst zwakjes, toen luider. 'Woezel! Woezel! Woezel!'

Enge Ella werd een kleine draaimolen. Die maar bleef rondtollen. En omhoog. Weer omhoog. Weg van het zwaartekrachtveld en de spaghettificatie. Ze wilde ergens anders heen, ze WILDE weer terug naar de tijdszone. WILDE DAT! ZOU DAT! MOEST DAT!

'Uggy!' brulde ze en ze voelde hoe haar lichaam zijn gewone formaat terugkreeg terwijl ze weggleed van het gat.

Ze zag de waarnemingshorizon voor zich, en daarachter stak voorzichtig één puntje van de Zevenster omhoog. Ze zag dat die helder en wit was, bijna doorzichtig. Als glas of ijs. Ella schoot naar voren en voelde dat ze een klein, trillend deeltje van de eeuwigheid was. En dat niets onmogelijk was, niets in het hele Heelal.

✳

Enge Ella landde op de Zevenster. Die was glad als ijs, glimmend als een ijsbaan, steil als zeven kleine bergen en doorzichtig als een vergrootglas. Daarvandaan kon je alles zien.

Ella ging op haar buik liggen. De aarde werd groter, leek als het ware naar haar toe te komen. Ze zag mensen bewegen, auto's rijden. Treinen en bussen en straten en huizen en grote gebouwen. Het licht van de zevende punt van de Zevenster viel plotseling als een dikke, witte streep door de atmosfeer en wees naar een boot die op een onrustige zee voer. Ella keek naar de boot. Daarna verplaatste ze haar blik naar een punt waar alle kleur verdween en wit werd. Op het dek stond een vrachtwagen. Het was dé vrachtwagen. De vrachtwagen met Stine in de laadbak. De boot gleed naar een vreemd land, voer ergens naartoe. De boot voer naar Engeland.

Ella deed haar ogen dicht en zag Stoere Stine voor zich. Het gevoel van wie wie was, wisselde plotseling van plaats. Ella voelde dat ze zo veel van Stine hield dat het net was alsof ze een en hetzelfde spookje waren. Het was een erg raar gevoel. Een groot, fijn gevoel, en tegelijkertijd begreep ze wat het kostte om te willen dat iemand terugkwam. Soms moest je bijna sterven om dat te laten gebeuren.

Nu wist ze dat ze helemaal naar Engeland zou moeten gaan om Stoere Stine te redden.

Enge Ella steeg op van de ster en vloog recht in de lichtstraal. Die trof haar midden op haar achterhoofd en kwam bij haar stoffen voorhoofd weer naar buiten.

'Woezel!' riep ze en ze schoot als een raket door de straal heen en weer. 'Woezel!' zei ze nogmaals. 'Woezelwazzelwop! Oea, Oea, Oea Oe! Ik ben hier alleen. Niemand om me heen. Maar ik heb focus. En hocus pocus.'

Terwijl ze zong bewoog ze haar puntjes op en neer op de maat van de melodie. Zweefde door de witte straal. Spreidde haar puntjes uit zodat ze op vleugels leken. Liet zich optillen door de wind, tot een kleine atmosferische storing haar weer naar beneden duwde. Links, rechts, op en neer. Naar voren, naar achteren, her en der. Ze wriggelde en duwde zichzelf zijwaarts op het vrolijke ritme, terwijl ze een uggend, buggend, blij lachje liet horen.

Oea, Oea, Oea Oe!

Ik ben hier alleen
Niemand om me heen
Maar ik heb focus
En hocus pocus

Wie mij kent die weet
Dat ik je niet vergeet
Want ik heb een hart
En voel pijn en smart

Oea, Oea, Oea Oe

Ooit zien we elkaar weer, zeker weten
Je bent niet verlaten en vergeten,
Want alleen om jou te redden vlieg ik vlug
naar een verre, verre ster en weer terug

Alles is zo groot hier,
Maan en zon en wolk en storm
En dan lijkt de eenzaamheid
Heel erg groot en zo enorm

Ooit voelde ik me veilig
Door jouw warmte en genegenheid
Jouw vriendschap is me heilig
Voor eeuwig en voor altijd

Pinneus Mysac luisterde. Hoorde hij niet een heel klein, scherp geluid uit het Heelal? Dat was Enge Ella. Haar stem leek op een zilverdraad, zo helder en zuiver. Als het geluid van een vleugelslag, dat plotseling met een kort tikje zijn oor bereikte. Het was een soort kreet, maar leek ook op een lach. Hij hoorde het geluid één korte seconde, toen was het weer weg. Het geluid had tijd nodig om de aarde te bereiken.

Pinneus keek glimlachend naar een wit wolkje dat op een luchtkasteel leek. Hij stak een hand in zijn zak en voelde het bundeltje bankbiljetten dat daar in zat. Als Ella weer terugkwam uit de ruimte, zouden ze op reis gaan. De aarde draaide zachtjes rond, het was bijna ochtend, nog even en de zon zou opkomen.

HOOFDSTUK TIEN

EEN GEHEIME OPDRACHT

ALS EEN KLEINE raket suisde Enge Ella weer omlaag naar de aarde. Met haar hoofd naar beneden om aan de zonnestralen te ontkomen. Plotseling zag ze een dikke laag nimbostratuswolken onder zich. Ze waren grijs, wazig en vaag en vol neerslag. De wolkenlaag was zo dik als een muur en bestond uit ijskristallen en waterdruppels. Ella haalde diep adem en dook door de wolken heen. Ze kwam er aan de andere kant uit, doorweekt en kledderig, en ze viel als een vaatdoek de laatste honderd meter naar beneden.

✳

Plotseling klonk er een luide klets vlak naast de eik. Pinneus Mysac schrok zo dat hij bijna van de dikke tak viel, hij keek omlaag en begreep meteen dat die kleine kletsnatte dweil op het gras Ella was.

'Wel heb je ooit', zei hij en hij klauterde zo snel hij kon langs de takken naar beneden en sprong op de grond. Hij bukte zich en raapte haar op.

'Ella!' riep hij vertwijfeld. 'Ella!'

Maar Enge Ella was zo moe dat ze geen puf meer had om te antwoorden. Pinneus schudde haar uit en rolde haar op tot een lange worst die hij stevig begon uit te wringen. Toen hij haar zo hard als hij kon had uitgewrongen, zodat het water uit haar sijpelde, nieste Enge Ella een paar keer hard en kwam ze tot zichzelf.

'Gelukkig', zei Pinneus opgelucht.

'Zeg dat wel', zei Ella, terwijl ze zich losschudde. 'Het was een hels kabaal daarboven. Je moest eens weten! Sofia Stuipenophetlijf moet mij vertellen wie ik zal ontmoeten en op welk adres. Ze wacht op ons bij de haven.'

Pinneus rende naar de stad terwijl Ella naast hem fladderde. Bij de haven keken ze om zich heen. Er was geen mens te bekennen. De golven sloegen tegen de pier. De grote schepen lagen rijendik aangemeerd. Het rook er een beetje zurig naar zee, het stonk naar rottend zeewier en vis. Sofia Stuipenophetlijf was nergens te zien.

Sofia Stuipenophetlijf had zich vermomd. Ze lag op een tafel van het terras van restaurant Zeevis, dat nog niet open was. Ze hield zich heel stil en leek als twee druppels water op een gewoon tafelkleedje, zoals ze daar languit lag met de inktvlek midden op haar buik. De wind hapte zacht aan haar punten. Toen ze Ella en Pinneus zag, hief ze een punt op om hun aandacht te trekken.

'Daar is ze!' riep Ella opgelucht.

'Waar?' Pinneus schudde verward met zijn hoofd.

'Daar, Pinneus.'

Pinneus pakte Ella beet en trok haar naar zich toe. Hij deed de paar stappen naar de tafel, gleed op de houten bank en probeerde Ella voor een paar voorbijgangers te verstoppen.

Ella hoestte een paar keer.

'Ik heb de Zevenster gevonden', zei ze trots, terwijl Pinneus zich installeerde.

'Dat is een hele prestatie, Ella', zei Sofia Stuipenophetlijf. 'Het is eenzaam en angstaanjagend om in je eentje de Ruimte in te reizen, als je dat nooit eerder hebt gedaan. Ik ben werkelijk onder de indruk van je.'

'Ik ben ook onder de indruk van mezelf', zei Ella.

'En dat je zonder kleerscheuren langs Het Zwarte Gat bent gevlogen!'

'Nou ja ... zonder kleerscheuren ...' zei Ella. 'Ik zou zeggen dat het ijzingwekkend goed ging. In elk geval op het laatst. En ik werd niet gespaghettificeerd, hoewel ik even het gevoel had dat ik bijna aan flarden werd getrokken. Ik werd zo smal als een biesje.'

'Heb je vanaf de Zevenster de vrachtwagen gezien?'

'Die is aan boord van een schip', zei Ella.

'Dan moet je ook deze keer ver reizen.'

'Ik moet naar Engeland.'

'Dus dáár moet je heen.' Sofia Stuipenophetlijf dacht even na. 'Dan zeg ik alleen maar dat je iemand moet opzoeken die Florence heet.'

'Florence, wat een mooie naam. Waar woont hij?'

Een plotselinge windvlaag deed de onderlip van Sofia Stuipenophetlijf trillen.

'Zíj, Ella, zíj. Ze woont in een toren die 's nachts verandert. Het is niet vanzelfsprekend dat het je deze keer lukt. De Tweede Waarheid is moeilijker te vinden dan De Eerste. Haar adres is Tower Hill, vlak bij Tower Bridge.'

'In Engeland praten ze grappig', zei Ella, terwijl ze zich het adres inprentte.

'Hoe verandert de toren?' Pinneus keek naar het ta-felkleedje.

'Laat ik het zo zeggen: de toren heeft een kamer die er overdag niet is. Ik noem het een Nachttoren', ant-woordde Sofia Stuipenophetlijf. 'Je opdracht is om die kamer te vinden, Ella. Dat is alles wat ik kan zeggen. De Tweede Waarheid is verschrikkelijk mooi, maar ook onaangenaam. Alles houdt verband met elkaar.'

'Zijn daar ook Gobeliners, in Tower Hill?' Ella dacht aan de verschrikkelijke Gobelinspoken die in Parijs bijna korte metten met haar hadden gemaakt. 'Zijn die er, juf?'

Sofia Stuipenophetlijf knikte bezorgd.

'Ja, er zijn daar Gobeliners. Ze zijn onbevreesd en gemeen.'

'O, uggy', zei Ella en ze lachte toen een grote zeemeeuw op de tafel landde en in Sofia Stuipenophetlijf begon te pikken. Pinneus joeg hem weg.

'Je ligt voor op de anderen in de klas wat betreft verplichte stof, Enge Ella. Zij zoeken nog steeds naar De Eerste Waarheid. Wat is trouwens De Eerste Waarheid?'

'Gaat u me op zo'n moment overhoren, Schrikdraad?'

'Ik verbied je me Schrikdraad te noemen.' Sofia Stuipenophetlijf deed haar mond dicht toen een kelner naar de tafel toe kwam en Pinneus Mysac aankeek.

'We gaan pas over een uur open', zei hij.

'J-ja, dat is g-g-goed', stotterde Pinneus en hij hing Ella om zijn nek. De kelner pakte het servet dat over zijn arm hing en sloeg een paar verwelkte bladeren van Sofia Stuipenophetlijfs buik. Ze liet een hol gekreun horen.

'Pardon?' De kelner keek Pinneus aan.

'Niets', zei Pinneus en hij legde een hand over het gezicht van Enge Ella.

De kelner staarde wantrouwig naar het tafelkleedje en de jongen met de witte halsdoek, en liep toen met snelle passen restaurant Zeevis weer in.

Ella haalde opgelucht adem en dreunde haar lesje op: 'De Eerste Waarheid heeft met de tijd te maken.

Oude spoken
zijn iemand
geweest, klei-
ne spoken gaan
iemand worden en in
de Tussentijd varen we
samen met de mensen, zij
aan zij in de boot des levens.
Heb ik dat niet mooi gezegd?'

'Wij spoken hebben vijf
lichtjaren de tijd om de Waarheden te vinden.'

'Dat is miljoenen tijd. Maar hoe zit het met de minuten? En de seconden?'

Sofia Stuipenophetlijf schrok op.

'Je moet het schip nemen dat daarginds aan de kade ligt, naar Engeland. Het vertrekt over een half uur.'

'We gaan naar Engeland', zei Pinneus.

'Met die grote boot', zei Enge Ella.

'Denk erom: het leven wordt gemeten naar hoe je leeft in relatie tot de eeuwigheid', vermaande Sofia Stuipenophetlijf. Maar haar woorden waaiden bijna weg met de wind. De luchtstroom bewoog haar lichaam met een hard, klapperend geluid op en neer.

✳

Op het derde dek wemelde het van de mensen die in de snoepwinkel of de parfumerie moesten zijn of iets in de cafetaria's wilden eten. Pinneus liep een paar rondjes over de verschillende dekken om de situatie in ogenschouw te nemen, met Enge Ella op zijn hoofd. Ze had zich weer tot een tulband opgerold, net als toen ze naar Parijs gingen.

Ze vonden de hut waar ze zouden slapen. Die was mooi en had een ronde patrijspoort die op zee uitkeek. Toen de boot twee uur onderweg was, liep Pinneus naar een van de restaurants en bestelde een lekkere maaltijd, met biefstuk, bearnaisesaus, patat en tomatensalade.

Bijna alle stoelen waren bezet. Overal rinkelden glazen en bestek. Pinneus balanceerde met het blad terwijl hij naar een vrije stoel zocht. Enge Ella keek neer op zijn bord.

'Jij bent een echte smulpaap, Pinneus. Kun je niet een koek voor mij kopen, ik ben geen biefeter.'

'Straks', zei Pinneus en hij ging zitten naast een oudere mevrouw die alleen aan een tafeltje zat. Hij begon te eten. 'Mmm, heerlijk', zei hij. De mevrouw zette haar koffiekopje met een knal op de tafel en staarde de jongen met de grote tulband aan.

Toen Pinneus klaar was met eten, kocht hij voor Ella een grote koek met suiker en glazuur erop.

'Je moet hem maar buiten op het dek opeten,' zei hij, 'zodat niemand argwaan krijgt.' Hij droeg de koek plechtig in zijn ene hand en hield met de andere zijn tulband vast, zodat die niet de zee in waaide.

Ella kauwde op de suikerkoek die Pinneus haar voerde.

'Als jij er niet was geweest, Pinneus, dan had ik op eigen kracht naar Engeland kunnen vliegen', zei ze.

'Ja, maar dan had je geen geld gehad', zei Pinneus. 'En dan was het niet zo gezellig geweest', voegde hij eraan toe met een blik op de hemel. Die was zwart en zag eruit alsof hij met sterren aan elkaar was genaaid.

Ella keek uit over zee. Het ruisende water verstoorde haar gedachten.

Ze had vaak een heel bijzondere droom. Die ging over

een zee met een doodstille waterspiegel. Elke keer gebeurde hetzelfde. Vlak voordat ze wakker werd, zag ze
iets op het water. Iets wat ze net niet te pakken kreeg.
Iets moois, iets heerlijks. Het mooiste van de wereld.

'Denk je dat kleermaker Rivenbolt iets over mijn moeder weet?' vroeg ze plotseling.

'Waarom vraag je dat?' Pinneus gaf haar het laatste stukje koek. Haar antwoord waaide mee met de wind.

✳

Anderhalve dag later meerde het grote schip af aan de kade in Dover. Ze waren in Engeland. De zeereis was goed verlopen, behalve toen Pinneus in het zwembad op het vierde dek wilde gaan zwemmen en er een dikke dame in een donkerblauw badpak kwam; die griste Enge Ella weg, gooide haar over haar schouder, greep haar met beide handen vast en begon haar rug met haar af te drogen.

Maar nu liep Pinneus Mysac de loopbrug af met de tulband weer om zijn hoofd, alsof er niets aan de hand was.

Pinneus nam de trein naar de stad. De trein reed onder de grond door, door lange tunnels. Ella kneep haar ogen dicht, want overal waren mensen en klonken luide stemmen. Toen het even helemaal donker werd, liet Ella zich van Pinneus' hoofd zakken en ging ze als een sjaal om zijn schouders hangen. Pas toen de ondergrondse met een harde ruk bij Tower Hill tot stilstand kwam en Pinneus tussen alle mensen naar voren drong, deed ze haar ogen weer open.

HOOFDSTUK ELF

DE SLEUTEL VAN DE TOWER

Toen ze via de stenen trap uit de ondergrondse naar boven kwamen, stonden ze ineens midden in de grote stad. De lucht was mistig en grijs. Overal waren auto's, mensen, grote gebouwen en rode dubbeldekkers.

'Wat een lawaai', zuchtte Ella overweldigd.

'Yes, we zijn waar we zijn moeten', zei Pinneus en hij wees naar een grote burcht aan de overkant van de brede straat. Toen draaide hij zich om en wees naar een brede rivier.

'Dat is de Theems', zei hij trots. 'Daar heb ik op school over geleerd. Langs de oevers staan mooie, grote gebouwen. En er zijn grote bruggen van de ene kant van de stad naar de andere.'

'Ga dan, Pinneus', zei Enge Ella ongeduldig en ze staarde naar de kleine heuvel waar de grote, grote burcht op stond.

Pinneus keek naar rechts bij het oversteken van de brede weg, want de auto's reden hier aan de andere kant. Hij holde tussen de toeterende voertuigen door terwijl hij Ella met één hand vasthield. Aan de overkant liep hij een flauwe helling op langs een oude muur met kantelen.

'Hier staat een bordje.' Pinneus bleef staan en drong tussen Japanse toeristen met fototoestellen om hun nek naar voren. Ella boog voorover en las: *De Tower is de oude vesting van Londen. Het oudste gedeelte werd in 1078 gebouwd door William de Veroveraar. In de Middeleeuwen hebben hier veel koningen gewoond. Was tot 1820 ook gevangenis. Verscheidene beroemde mannen en vrouwen zaten hier gevangen en zijn hier terechtgesteld. Is nu een museum.*

'Uggy', zei Ella. 'Dit moet een afschuwelijke plek zijn geweest. Ik neem grote angst waar.'

'Het ziet er best mooi uit', zei Pinneus en hij tuurde naar een opening in de stenen muur. 'Heel mooi. Die bewakers daar dragen heel bijzondere kleren.'

Enge Ella volgde zijn blik.

'Dat zijn Beefeaters', zei ze en ze keek naar de hellebaardiers met de zwarte hoge hoeden en de zwarte met rood en goud gebiesde jassen.

'Die moeten de poorten van de Tower bewaken. Dat stond ook op het bord. Ze zien er gaaf uit.'

Pinneus keek naar de speerachtige stokken die ze in hun handen hielden.

'Misschien houden ze van biefstuk,' zei hij, 'omdat ze Beefeaters heten.'

Ze gingen naar binnen door de ronde booggang in de dikke muur. Pinneus en Ella keken de bewakers niet

aan. Het had geen zin om de Beefeaters nu al
achter zich aan te krijgen.

Het grote geplaveide plein waar ze op te-
rechtkwamen, lag vol gele herfst-
bladeren. De bloemen in
de lange perken langs de
muren waren verwelkt.
Er lagen verdroogde
bloemblaadjes
rond de lege ste-
len. Ella voelde de
warmte van Pinneus

Mysacs hoofd, maar van binnen was ze koud.

'Wat zoeken we eigenlijk?' vroeg Pinneus.

'Ik weet het niet zo precies', zei
Ella. 'Misschien Florence,
de vrouw die ons

kan helpen om Stoere Stine te vinden.'

Ze bedacht ineens hoe de lapjes grond achter de boomgaard bij de Naaifabriek er van bovenaf uitzagen. Toen haar moeder en zij samen de geheime vlucht maakten in de zomer voordat haar moeder verdween, hadden de akkertjes als kleine vierkanten met verschillende kleuren achter elkaar gelegen. Het was zo prachtig geweest.

Net toen ze klaar was met denken, gebeurde er iets. Acht grote vogels kwamen op hen af gehipt. Ze maakten hese kraaiengeluiden.

'Dat zijn raven', zei Ella. 'Ze hippen.'

'Kunnen ze niet vliegen?' Pinneus keek neer op de vogels.

'Ze zijn gekortwiekt', zei Ella. 'Dat zie je toch zo. Hun slagpennen zijn weggeknipt.'

'Wat verschrikkelijk.' Pinneus huiverde en dacht aan de grote, zwarte schaar die kleermaker Rivenbolt beneden in de kelder van zijn vaders naaifabriek op zijn tafel had liggen.

'Waarom is er in hun vleugels geknipt?'

'Ik weet niet,'

zei Ella, 'maar ze zien er niet verdrietig uit. Misschien willen ze niet vliegen.'

'Je hoeft niet voor ons te praten', kraste de grootste vogel. 'We verstaan wat jullie zeggen.'

'En wij verstaan wat jullie zeggen', zei Ella.

'We gaan', zei Pinneus en hij liep met snelle passen naar wat de ingang van het grote museum moest zijn.

Pinneus kocht een kaartje bij de ingang en mengde zich onder de toeristen die naar binnen gingen. Ella nam aan dat het binnen warmer was dan buiten, maar het voelde niet zo – het was overal koel, als vochtige stenen. Zou ze die Florence hier kunnen vinden? Ze had zo veel vragen. Wie was ze? Wie was ze geweest? Waar was de Nachttoren? En hoe kon Florence Ella helpen om Stine te vinden?

Pinneus bleef bij de ingang van de eerste zaal staan. Die stond vol vitrines met grote koningskronen en scepters. De kronen waren bezet met juwelen en edelstenen.

'Zoiets moois heb ik nog nooit gezien', zei Pinneus, terwijl hij doorliep naar een volgend gebouw, dat de Witte Toren heette.

'Zou dit de Nachttoren zijn?' vroeg Ella zich af.

'Nachttorens zijn vast niet wit', zei Pinneus.

De toren was groot. De kamers lagen als woonkamers achter elkaar en stonden vol oude, met fluweel beklede meubels. Overal waren dikke stenen muren.

In vitrines lagen zwaarden en andere wapens.

'Die komen uit de Middeleeuwen', fluisterde Pinneus en hij liep met open mond verder.

Enge Ella wierp een blik door de boogramen naar buiten.

'Het is hier niet alleen uggy, maar ook *foggy*', zei ze terwijl ze over de Theems keek, waar flarden mist laag boven het water hingen.

In de achterste kamer rook Ella plotseling een onprettige geur die aan schimmel deed denken, een beetje aan meeldauw en misschien een beetje aan verrotting.

'Eng', zei Pinneus en op hetzelfde moment viel zijn oog op een grote ijzeren sleutel die hoog aan een muur hing.

'Moet je die sleutel zien', zei hij.

Enge Ella volgde zijn blik. Ze besloot dat ze die sleutel te pakken moest krijgen. Op de een of andere manier wist ze dat die haar zou kunnen helpen Stoere Stine te vinden.

Het liep tegen sluitingstijd en bijna alle toeristen waren weg. De zalen waren verlaten.

'Je weet dat je je moet verstoppen voordat de alarminstallatie aangezet wordt', zei Ella.

'Net als in het Louvre', zei Pinneus. 'Alleen spoken kunnen door alarminstallaties heen bewegen.'

'Ja, dat kunnen we', zei Ella. 'Oom Torres en de andere volwassenen gaan in de stad elke nacht in huizen met alarm spoken. Misschien kun je je in die bezemkast daar verbergen.'

Pinneus keek naar het bruine houten deurtje.

'Ja,' zei hij, 'maar ik vind het niet leuk.'

'Voor mij is het veel erger', antwoordde Ella. 'Want ik weet niet eens wie ik moet zoeken. Alleen dat het iemand is die Florence heet. Weet je nog laatst, toen het ...'

'Dat overleefde je maar net', fluisterde Pinneus bang.

'Maar wacht even, Pinneus.' Ella fladderde langs de muur omhoog en pakte de grote sleutel van de haak. Ze kwam weer naar beneden, de sleutel met haar beide punten vasthoudend.

'Stop deze in je zak. Ik weet gewoon dat we die later nodig hebben.'

HOOFDSTUK TWAALF

JAGENDE SCHADUWEN
LANGS DE STENEN MUREN

Enge Ella keek snel om zich heen, haalde diep adem, kneep haar ogen toe en ontblootte haar slagtand.

Alles was stil, ze hoorde alleen het verre geruis van het verkeer buiten. Ze was in Londen. Ze was in de Tower. Ze was alleen.

'*Here I come*', fluisterde ze. Pinneus had de sleutel in zijn zak gestoken en zat op een krukje in de bezemkast. Alle toeristen en de medewerkers waren weg. Ella zweefde langzaam door de grote zalen, ze gleed tussen dikke stenen pilaren door, naar steeds weer nieuwe zalen vol harnassen, wapens, kleren en andere stokoude dingen. Kronen, zwaarden en andere gouden voorwerpen waren bezet met de mooiste diamanten en edelstenen. De stenen glinsterden in het licht van een straatlantaarn buiten.

Enge Ella vloog een nieuwe zaal in. Het gebogen plafond was hoog. Langs de muren stonden vitrines met wat de kroonjuwelen moesten zijn. Ze zweefde naar

een deur tussen twee grote kasten en duwde die open. Erachter was een kamer met fraaie schilderijen aan de muren. Haar blik viel op een van de grote schilderijen. Het doek was gebarsten en oud. Net als in het Louvre. Ze boog zich naar voren om het te bekijken. Haar ogen waren klein en smal, want ze concentreerde zich.

'Puuuh, puuuh, puuuh', zei ze en haar gedachten wisten ineens iets zeker. Ze zag een bekend gezicht op een onbekende plaats en daardoor stonden haar zintuigen op scherp. Plotseling kwamen er allerlei vage beelden bij haar op. Ze bracht ze bij elkaar, stemde ze op elkaar af en onderzocht ze. Het waren beelden uit de Voortijd. Dat was de tijd die voorbij was, de tijd voor de Tussentijd. Ze kon ineens alle zielen voelen die hierbinnen hadden vertoefd. Gevangenen, ridders, koningen en koninginnen. Er gleed een snelle schaduw langs het plafond. Ze keek vlug opzij, maar de schaduw was alweer weg.

Het schilderij rook oud. Geur was niets anders dan een verstoring van de zuurstofbalans. Beweging was daarentegen iets wat door het oog werd gemeten. Angst en beweging, dacht ze en ze voelde het Onbehagen als een schok door haar lichaam gieren. Ze moest deze opdracht tot een goed einde brengen, ze moest proberen Florence te vinden. Als iemand haar naar de plaats kon brengen waar Stoere Stine zat, dan was zij het wel.

Enge Ella keek door een rond raampje naar buiten.

Haar ogen versmalden nog meer en ze zoooomde met haar röntgenblik door meerdere gebouwen en langs straten, tot haar blik op de wijzers van een grote klok in een toren viel. Die toren stond aan de oever van de Theems. Zou dat de Nachttoren kunnen zijn?

De klok, die op vijf voor twaalf stond, was eigenlijk niet vanuit de Tower te zien. Nog even en dan begonnen alle Nachtscholen op de hele wereld, dacht ze. Nog even en dan gaan de leraren over de hele wereld spoken lesgeven in wijsheid en kracht. En in Waarheden. En daarna zouden kleine en grote spoken door de straten vliegen op zoek naar iemand om bang te maken.

Op dat moment gebeurde het. Ze schrok, hoorde plotseling een zacht krakend geluid, alsof iemand een deur opendeed. Maar er was geen deur in de grote, grote kamer waarin ze zich bevond.

'HIERRR ISS ZZZE!!!' zei plotseling een sissende stem. 'IK ZZZIE HAAARRR. KIJK HIERRR.'

'JAAAHAAA', antwoordde een andere, hesere en lelijker stem. 'YESSSSS!!!!'

Enge Ella keek omhoog. Ze zag niemand. Op de vloer lag een groot Perzisch tapijt met een goudkleurig patroon. De stemmen moesten uit de twee harnassen komen die in de donkerste hoek stonden.

Ella zweefde langs een vitrine waarin twee paspoppen met mooie, oude jurken stonden. De ene jurk was geel met een rok met prachtige strepen, de andere was bloedrood.

'Zorg dat je in veiligheid komt', fluisterden de jurken. 'Wij heten Anna en Catharina, schiet op, maak dat je wegkomt', zei een prettige stem. 'Wij weten waar we het over hebben. Dat is H, verschrikkelijke H. H de achtste, de hoofdendief!'

Verschrikkelijke H. Wie was dat? Ella schoot met een ruk weg en zeilde de kamer in. Ze probeerde helder te denken, maar wist niet hoe ze eruit moest komen. Ineens verschenen er een paar zwevende schaduwen op de stenen muren. Eerst waren ze wazig en onduidelijk, daarna werden ze donkerder en duidelijker.

Dit herkende ze, dit was net als in het Louvre. Het waren de Gobelinspoken. De Gobeliners kwamen overal vandaan, groot en nog groter. Donker en nog donkerder. De schaduwen van de Gobelinspoken tekenden zich af op Ella's witte lichaam. Ze voelde een hevige pijn toen ze door de kamer zweefden. Hun stemmen bulderden onder het plafond. Hun schaduwen joegen langs de muren. Alsmaar weer!!

Ella's knotjes trilden. Ze leken twee tarwebolletjes, toen ze vaart maakte om aan de Gobeliners te ontkomen. Maar de muren hielden haar tegen. Ze kaatste als een stuiterbal van de ene muur naar de andere. Uiteindelijk bleef ze trillend tien centimeter boven de grond hangen. Midden in de kamer, verstijfd van angst.

Toen het haar eindelijk lukte vaart te maken, was het bijna te laat. Ze zweefde tussen de voorwerpen door om te ontkomen, opzij, naar achteren en naar voren, maar overal werd ze gevolgd door de schaduwen. Steeds als ze van richting veranderde, waren zij er ook weer. Elke keer dat hun duisternis haar lichaam aanraakte, voelde ze een stekende pijn, alsof ze hun kwaad met haar draden wilden verweven.

Ze rook de scherpe geur van mottenballen die van hun lichamen walmde.

Plotseling bevond ze zich voor een groot harnas. Ze keek door het donkere gat in de helm naar binnen. Er bewoog iets daarbinnen. Iets, dacht ze en ze trok zich langzaam terug. Ze kreeg ineens een verschrikkelijk gevoel. Een gevoel dat ze ook had gehad toen ze buiten in de Ruimte was en de kolossale Supernova de ster liet ontploffen.

'Ze denkt dat De Tweede Waarheid, *The Second Truth*, iets om te lachen is', zei de eerste stem.

De stem gaf Enge Ella kippenvel langs haar hele middenvouw.

'Ze begrijpt niet dat ze met de dood speelt. Dat de dood geen spelletje is', zei de tweede.

'Het is blooody ernsssst, sssserieussss', siste een derde Gobeliner.

De twee jurken in de vitrine volgden haar met hun ogen.

'Zie je, Catharina?'

'Ja, Anna. Ik zie het. Het is ...'

'Sssssstil, *you two*', siste de eerste stem.

Het scheelde maar twee seconden of Ella had oogcontact gehad met Anna en Catharina in de vitrine. Die hadden haar kunnen redden. De schaduwen waren net Zwarte Gaten, als de gevaren langs de waarnemingshorizon in de Ruimte. Zo groot was het kwaad!

'Onthoofding, *now*, ssssssnel', siste de tweede Gobeliner en hij hapte naar haar rug.

'Ik zoek iets om in te bijten. Je snapt wel wat ik bedoel.'

'*I do*. De dood', bromde de derde.

De Gobeliners omsingelden haar. Het werden er steeds meer. Hun schaduwen vloeiden in elkaar over en werden alsmaar groter, zoals ze van de stenen muren op haar af kwamen.

'*WHAT* BEN JE VAN PLAN!!!' riep de grootste Gobeliner tegen de tweede. '*WHAT?*' herhaalde hij woedend.

'*SSSHE* IS MOOI', siste de tweede. 'Haar huid is gladder dan moirézijde. Moet je de textuur van haar rug zien, de beweging in haar stof als ze vliegt. *Beautiful!*'

Even was Ella trots. Niemand had ooit eerder gezegd dat ze op zijde leek.

'*SHE* IS MAAR EEN GEWOON KATOENEN LAPJE', brulde de eerste en hij lachte hees.

Enge Ella voelde de rillingen over haar middenvouw lopen.

'Uggy!'

Ze moest weg zien te komen. Dood of levend, dacht ze. Als ze maar wegkwam.

Focus, lieve Ella, focus en een vaste koers.

'*Ik ben geen engel, ik ben een spook. Ik heb helemaal geen veren op mijn rug.*'

'*Dat komt op hetzelfde neer.*'

Dat was de stem van Victor in het Louvre. Enge Ella voelde hoe ze van binnen veranderde. Ze maakte een harde knoop van zichzelf, haalde uit naar het grootste Gobelinspook en trof hem met een striemende klap midden tussen zijn ogen.

'*NOW IT IS* GENOEG!'

De Gobeliner schoot naar achteren en stootte tegen zijn eigen schaduw op de stenen muur. Hij begon met zijn machtige stem te schelden en te kijven. Op dat moment zag Ella haar kans schoon en ze dook een harnashelm in. Ze tuimelde helemaal naar beneden en bleef muisstil in de rechter ijzeren voet van het harnas liggen. Het getik van een grote klok aan de muur gaf onbarmhartig aan dat de tijd toch niet was blijven stil-staan. Ineens schoot er buiten het raam een lichtflits langs de hemel. Gevolgd door een diepe dreun. Onweer – niet een enkele slag, maar gebulder. Dat maar bleef aanhouden. Als een grommend boos dier.

Ze luisterde, het bulderen van de donder mengde zich met de stemmen van de Gobeliners. Ze kon de twee geluiden niet van elkaar onderscheiden. Ze bleef in de knoop op de bodem van het harnas liggen. Een hele poos. Tot het helemaal stil was.

HOOFDSTUK DERTIEN

DE BLOEDIGE TOREN

EEN NIEUW GEBULDER verscheurde de hemel. Drie felle, blauwe lichtflitsen bereikten de bodem van het harnas. Enge Ella hoorde dat er regendruppels begonnen te vallen. Ze trommelden op de ramen en de vloer van de stenen veranda buiten. De druppels klonken als duizend voetjes. Het geluid ging over in iets anders, een vaag geluid. Sylviasylviasylvia, alsof iemand langzaam langs zweefde.

Enge Ella haalde haar lichaam uit de knoop en loerde door de spleet in de helm naar buiten.

'Is daar iemand? Florence, ben jij dat?'

Maar niemand antwoordde. Ella besloot om voorzichtig uit het harnas te glijden en ze stopte halverwege om te luisteren. Daarna glipte ze er helemaal uit en zweefde luisterend door de kamer, maar er was alleen stilte. Oorverdovende stilte en kou van de stenen vloer.

Ze zweefde weer terug naar de kamer met de vitrine. Die met de twee jurken die Anna en Catharina heetten. Ze wilde hun net vragen of ze wisten waar Florence was, toen de Gobeliners haar opnieuw aanvielen. Ze hadden

stilletjes achter een grote gebogen houten
deur op haar gewacht. Nu stroomden ze tevoorschijn en stortten zich weer boven op haar.

Ella zakte op het goudkleurige Perzische tapijt voor de
vitrine in elkaar. Ze hadden haar overrompeld. Ze kon
niet meer. In een glimp zag ze haar moeder voor zich
toen die tussen de tralies van het hek op het Fabrieks-
plein door vloog en terugkwam nadat ze 's nachts aan
het werk was geweest en mensen had bang gemaakt.
   Net toen het grootste Gobelinspook zich uitstrekte
om haar vast te grijpen, tilde het Perzische tapijt zijn
ene punt op en gaf de Gobeliner een mep. Met veel
kabaal struikelde de Gobeliner naar achteren. Met
een scheurend geluid schoof het tapijt zijwaarts
en greep Enge Ella, het
duwde haar onder
zich en ging bescher-
mend over haar heen
liggen.

'Ik ben William. Lig stil', beval hij. 'Ik zal je beschermen.'

De Gobelinspoken stampten woedend heen en weer over Williams rug. Ella voelde hun gewicht op zich, net als in het Louvre.

'Rustig blijven liggen, niet bang zijn. Laat ze maar stampen,' ging William verder, 'straks komt Florence je halen. Dan durven ze jou niet aan te raken.'

'Hoelang duurt het nog tot *straks*?'

'Straks, Enge Ella.' Hij had een mooie stem.

'Ik lig hier te dromen over midzomernachten', ging hij verder met zijn diepe, prettige stem.

'Dus je weet hoe ik heet? En waarom droom je over midzomernachten?'

'Natuurlijk weet ik hoe je heet. Er zijn maar zo weinig midzomernachten. Het zijn maar korte tussenpozen midden in het midwinternachtdonker. Het zijn vooral de schaduwen die zich opdringen in het leven, weet je. En als je ver genoeg komt, wordt het gevaarlijk donker.'

'Ik weet alles over zomernachten', zei Ella en ze voelde dat ze heel rustig werd van Williams veilige, stoffige warmte.

'Mijn moeder leerde me vliegen in een zomernacht.'

'Zo zo.'

'Mijn moeder werd vernaaid tot een jas.'

'Mijn vader was een handschoen ...' William zweeg ineens en luisterde. Het geluid van de Gobeliners werd steeds zwakker.

'Komen de Gobeliners terug?'

'Nee, ze trekken zich terug', zei William.

'Was je vader een handschoen?'

'Nee, een handschoen ...'

'Een handschoenpop?'

'Mijn vader was een beroemd handschoenmaker', zei William trots.

Net toen hij dat gezegd had, landde er iemand op een van zijn punten.

'*Hello*', zei een zachte stem.

'Daar is ze', zei William. 'Dat is Florence.' Hij tilde zijn zijkant op, zodat Ella naar buiten kon kijken. Ze werd eronderuit getrokken.

Ella sloot haar ogen en wachtte tot er iets moois zou gebeuren. En dat gebeurde. Het was alsof ze een zomerwindje op zich voelde. Enge Ella werd voorzichtig opgetild. En een vriendelijke stem zei: 'I heb op je gewacht.'

Enge Ella deed haar ogen open. Florence was koel en wit en mooi en heel, heel erg verrukkelijk. Er zweefde een kleine lamp met een zwak licht naast haar.

'Eindelijk vond I je', herhaalde ze. 'Je was afgewacht, als post. *Thank you, William.*'

'William is aardig', zei Enge Ella met een iel, dun stemmetje.

'William is een nobel tapijt. Hij weet alles over tragedies, kwaad, hartstocht en liefde. You hoeft nu niet meer bang te zijn', zei ze.

'Zijn ze nu weg, de gemene spoken? Ze zijn zo verschrikkelijk, de Gobeliners.'

'*They* zijn hier, maar ik ben sterker dan zij. *They* zijn altijd gemeen geweest, ook in de vorige dimensie.'

'Dat weet ik wel', zei Ella. 'Ik ben bereisd.'

Florence zweefde met Enge Ella in haar armen door de kamers. Ze was stralend schoon en pas gestreken. De kleine lamp zweefde naast haar. Ella herkende plotseling het gevoel uit het Louvre, toen Victor haar redde. Het was precies hetzelfde gevoel, het deed haar denken aan haar moeders manier om haar te dragen. Met vastberaden liefde. Tegen zich aan, met echte warmte. Ze voelde een grote, grote opluchting, die overging in blijdschap.

Florence droeg Ella door een aantal zalen met veel voorwerpen en daarna een trap op met brede treden. Het tengere spook wierp geen schaduw, zag Ella, en ze glimlachte zodat haar slagtandje zichtbaar werd.

Ten slotte droeg Florence haar door een smalle gang die eindigde bij een trap die alsmaar wentelde. Toen ze helemaal bovenaan de trap waren, tilde Florence een punt op en ging er een onzichtbare deur in de muur open. Een heel erg smalle deur.

'We gaan de Bloedige Toren in', zei Florence en ze liet Ella los.

'Hier is het dus.' Ella glimlachte.

Florence trok zich zijwaarts door de opening, Ella deed hetzelfde.

'Dit is de Nachttoren, nietwaar?'

''s Nachts is het de Nachttoren, ja.'

'Dan ben ik waar ik wezen moet', zei Ella.

'Er zijn hier veel torens, de Klokkentoren, de Bywardtoren, de Witte Toren ...'

'Maar ik weet dat mijn nachtlerares dit bedoelde', zei Ella.

In de toren was een prettige kamer, met hoge ramen en een aangename warmte. Op het nachtkastje tegen de muur stonden kleine gaslampen. Een grote roodfluwelen bank stond achter een mooie mahoniehouten tafel. In een grote glazen kast stonden medicijnflessen netjes naast elkaar.

'O,' riep Ella, 'wat is het hier mooi! En zulke mooie medicijnen. Maar waarom heet dit de Bloedige Toren?'

'Omdat er hier gruwelijke dingen zijn gebeurd. Langgeleden zijn hier twee prinsen vermoord. Dit is een soort tussenstation. Je kunt hier gemakkelijk weg. Door het raam daar zie je de Theems. Die stroomt langs veel plaatsen.' Florence glimlachte geheimzinnig.

'Maar eerst *tea* en *milk*', zei ze. 'Ga op de bank zitten, Ella.'

Ella zweefde voorzichtig naar de fluwelen zitting en landde op het kussen.

'Je moet me helpen om Stoere Stine te vinden. Pinneus zit in een bezemkast te wachten. Hij kan er pas uit als het alarm uit is gezet.'

Voordat Florence kon antwoorden, kwam er een vreemd, stil, bleek spook uit het niets aanzweven. Ze droeg een mooie gebloemde theepot en een klein wit kannetje met melk erin. Ella keek naar de theekopjes die op de tafel stonden, van mooi wit porselein met een gouden randje.

Florence glimlachte ondoorgrondelijk.

'En het gebak, Sylvia.' Florence gebaarde dat het bleke spook het eten moest halen.

Sylvia kwam terug en serveerde Enge Ella meringues van een glazen schaal met een vlinderpatroon. Ella nam er een en bedankte. Sylvia schonk thee en spookmelk in de mooie kopjes.

Enge Ella pakte nog een gebakje. Ze vond het heerlijk om haar slagtandje in kleine meringues te zetten. Dat was het lekkerste en beste wat ze kende. Want spoken hadden nu eenmaal stijfsel in hun lichaam nodig, ze hadden suiker nodig om overeind te blijven.

'Nu zal Sylvia iets voorlezen dat ze voor ons heeft geschreven en daarna informeer ik je over de feiten met

betrekking tot de zaak', zei Florence en ze nam een grote slok uit haar kopje.

'Wat gaat ze voorlezen?'

'Sylvia is bang voor de winter', zei Florence. 'Ze heeft problemen met de winter, nietwaar Sylvia?'

Sylvia gaf geen antwoord. Ella keek naar haar op, ze deed haar denken aan Esmee thuis in de naaifabriek. Jong, bleek en merkwaardig afwezig.

Ella keek weer naar Florence.

'Kan ze dan niet gewoon níét aan de winter denken?'

'Ze heeft haar kinderen verlaten. Daar komt ze niet overheen.'

'Heeft ze haar kinderen verlaten?'

'William helpt haar', zei Florence. 'Hij praat met haar over dromen. En over midzomernachten.'

'Ik droom zelf ook over de zomer', zei Ella en ze zag de bloemenrand langs de akkertjes achter de naaifabriek voor zich. De herinnering aan haar moeder schoot als een kleurig lint door haar gedachten. *Ella, jij bent duizend sterren waard. Bedenk dat, lieve Ella, als het stormt op deze aard'*.

Sylvia liep naar een van de ramen en ging er met haar rug naartoe staan. Achter haar, helemaal bovenin, waar het raam eindigde, scheen de maan wit. Sylvia begon met zachte stem te declameren:

Je bent.
Clownachtig, het stralendst in puntstand,
Voeten sterwaarts, je schedel een maan ...
... opgerold in jezelf, spoeltje zij
Je nacht meeslepend, als een uil.
Stom als een knol, van de 4de
Juli tot 1 april ...

Ella slikte een groot brok suiker door en luisterde.
Plotseling had ze het eenzame gevoel weer dat ze had
gehad toen ze naar de Melkweg en de Zevenster vloog.
Sylvia sprak verder:

Vaag als mist, als post afgewacht.
Verder dan Australië.
Een gekromde Atlas ...
Gelukt, als een som die uitkomt

Een schone lei, met jouw gezicht erop.

Toen Sylvia klaar was met declameren, zei Ella: 'Was
dat gedicht voor mij?'
   'Het was voor jou en voor ieder ander die *verlangt* en
die heeft geleefd en nog zal leven', zei Florence.
   Enge Ella ontmoette Sylvia's blik. Die was ondoor-
grondelijk en mild.
   'Dankjewel', zei Ella.
   Florence gebaarde dat Sylvia de ronde torenkamer

kon verlaten. Ella keek haar na toen ze door de ontzettend smalle deur verdween. Florence zuchtte luid.

'Mooi', zei ze.

Enge Ella keek weer naar Florence.

'Had dat gedicht iets met De Tweede Waarheid te maken?'

'*Now we are talking*', zei Florence en ze zette haar theekopje op de tafel.

'Ik ben zo bang dat ik Stine niet zal kunnen vinden.' Ella pakte nog een vierde meringue en gooide die in haar mond.

'Angst is niet iets om bang voor te zijn, Enge Ella.' Florence glimlachte geruststellend naar haar. '*You know*, want uiteindelijk is het omdat we zijn ontstaan dat we überhaupt angst kunnen voelen.'

'Meen je dat?' Ella slikte.

'*Yes*. De meeste ontstaan nooit. Ik heb ervaring met oorlog. Ik weet hoe bang je kunt worden.'

'Heb je ervaring met oorlog?'

'Yes, oorlog is het allerafschuwelijkste wat er is.'

Ella staarde haar aan. 'Uggy,' zei ze, 'ik heb geen oorlog meegemaakt, maar ik ben mijn moeder verloren.'

Florence glimlachte. 'You klein poppetje. I weet.'

'Ik ben gulzig en moeilijk, zegt Torres Damast, dat is mijn oom.'

'Wees jij nu maar jezelf op je eigen manier, Ella. Toen I een mens was, kreeg I vaak te horen dat I koppig was, nooit tevreden, overspannen en vol zelfmedelijden.'

'Oi', zei Ella. 'Was je zo idioot moeilijk en uggybuggyachtig?'

Florence lachte. 'I werd een vrouw van staal genoemd, maar was vaak eenzaam en verbitterd. In de eerste plaats wilde I alleen maar andere mensen helpen. I wilde de pijn van de mensen wegnemen. Het kan de moeite waard zijn om een altruïst te zijn.'

'Altruïst? Dat is een groot en vreemd woord.'

'Het betekent dat je anderen helpt met wat je doet.'

'Ik wil een spook van staal zijn', zei Ella. 'Heb je de mensen echt geholpen?'

'Yesssss.' Florence boog nederig haar hoofd. 'Door mijn werk in het ziekenhuis en het lazaret.'

'Lazaret? Dat is een gaaf woord.'

'Dat is het, ja. Lazaret betekent "veldhospitaal". Je moet tenslotte de wereld rond, van nul tot honderd, in vijf lichtjaren. Er zijn zo veel ervaringen die je mee moet maken. Dat is immers waarom I ...' Florence maakte haar zin niet af, maar stond op en gleed stil over de vloer naar de grote glazen kast.

'You krijgt iets van mij, Ella', zei ze en ze opende beide deuren. Toen pakte ze er een klein glimmend ding uit dat aan twee rubberen slangachtige buizen was bevestigd.

Ella staarde ernaar en pakte het aan.

'O, wat een mooi ding', zei ze. 'Maar wat is het?'

'Een stethoscoop.'

'Een periscoop?'

'*No, no. We are* niet onder water. You kunt hiermee luisteren. Naar de harten van de mensen. Doe dat, Ella. Luister naar elke hartslag en weet dat dat geluid een wonder is. You know wat een wonder is?'

'Een Wonder is een Mirakel. Ik zal het hart van Pinneus volgen. Hij kan er zelf ook naar luisteren, dat dikke propje. En wanneer ik weer thuiskom in de naaifabriek ... als ik weer thuiskom in de naaifabriek', voegde ze er onzeker aan toe, 'zal ik de microscoop, nee ik bedoel de peri... stetto... stethoscoop in de onzichtbare la leggen, waar ik een leren boek heb verstopt dat ik van Victor in het Louvre kreeg. Weet je wie Victor in het Louvre is?'

Florence barstte uit in een vrolijke lach.

'You klein poppetje. Natuurlijk weet ik wie Victor in het Louvre is. Ik weet ook wie Sofia Stuipenophetlijf is en ...'

'Weet je wie Mulda is, Magische Mulda?'

Florence schudde haar hoofd.

'Dat is mijn moeder, maar misschien is ze niet zo'n belangrijk spook. Nog niet', voegde ze eraan toe. Want Ella had begrepen dat het ging om wie je was, wie je was geweest en wie je zou worden. Dat was immers De Eerste Waarheid.

'De mensheid moet de mensheid maken. Goede krachten gebruiken, dat is het enige wat telt. Ik ben *mother* voor velen geweest. Maar toen ik stierf, wilde ik vergeten worden. Begrijp je?'

'Nee', zei Ella. 'Weet jij wie Boze Bettina is, de moeder van Stoere Stine?'

Maar Florence gaf geen antwoord op haar vraag, sprak alleen verder: 'Kan iemand zich een grotere beloning wensen dan te worden vergeten?'

'Op een mooie dag komt mijn moeder weer terug', zei Ella.

'You moet naar een ziekenhuis dat St. Thomas heet', zei Florence. 'Daar moet je naar Stine zoeken. Maar ik waarschuw je. Je moet naar het nieuwe St. Thomas, niet het oude.'

'Het nieuwe?'

Florence knikte.

'Zoek de brandende lamp', zei ze en ze trok haar ene punt naar haar mond en veegde een *milky* vlek weg.

'Mijn oude lamp staat daar namelijk. Ze hebben er een vitrine voor gemaakt. Als je die vindt, lukt de opdracht. You weet ... men moet de vlam doven om hem weer te kunnen aansteken.'

'Je oude lamp? Heeft dat iets met De Tweede Waarheid te maken?'

Florence keek haar aan. 'Heb je begrepen wat De Tweede Waarheid is?'

'Eigenlijk niet', zei Ella.

'Die gaat over geboorte en dood. Mensen moeten geboren worden en dan moeten ze sterven', voegde ze eraan toe.

'Maar waarom moeten de mensen sterven?' Ella

schoof een stukje opzij. 'Dat is zo stom. Kunnen ze niet gewoon blijven leven, dan wordt het niet zo vermoeiend voor *ons*.'

'Dat is waarom wij spoken bestaan, Ella. De tijd is slechts een storende illusie. Het is onze taak er voor de mensen te zijn.'

'Maar waarom?'

'Zodat ze beseffen dat niet alles is zoals het eruitziet.'

Enge Ella luisterde.

Florence zei: 'Pasgeboren baby's worden in kleine spoken gewikkeld. De mensen denken dat de kleine spoken babydekentjes zijn. Want zo zien ze eruit.'

'Ja, zo zien ze eruit. Thijm ziet eruit als een babydekentje.'

Florence ging verder: 'Oude spoken bedekken dode mensen. Ze gaan op ze liggen om ze te beschermen, als een dekentje. Dat is een van de belangrijkste dingen die een oud spook kan doen. Het is mooi en vredig.'

HOOFDSTUK VEERTIEN

DE WIJSHEID VAN DE RAVEN

INEENS BESEFTE ENGE Ella waarom ze oude Mottige Marie in het ziekenhuis had gezien in de nacht dat Stine verdween. Daarom had ze Thijm bij zich als ze aan het werk ging. Dat was iedere keer dat er een mens werd geboren. Of iedere keer dat er een mens doodging.

Florence zweefde naar het raam. 'Het begint licht te worden,' zei ze, 'het is niet zeker dat je Stine zult vinden.'

Ella was nog steeds van de kaart door wat ze over De Tweede Waarheid had gehoord. Ze wilde niet horen dat ze Stine niet zouden vinden.

'Als het licht wordt, moeten we Pinneus halen', zei ze afwezig. 'Wanneer het museum opengaat. Eh ... kunnen spoken ook doodgaan?'

Florence draaide zich met een oplettende uitdrukking op haar gezicht naar Ella om.

'Na vijf lichtjaren kunnen wij in het niets opgaan', zei ze aarzelend. 'We kunnen flinterdun worden en uit elkaar vallen.'

'Maar dat hoeft niet', zei Ella.

'Nee', zei Florence. 'Dat hoeft niet. Tijd is ingewikkeld. Tijd is meer dan *een manier*. Het gevaarlijkste voor een spook is om vernaaid te worden.'

'Ja, dat is het ergste wat er kan gebeuren', zei Enge Ella en ze dacht aan haar moeder en de zwarte naaimachine van kleermaker Rivenbolt.

Toen het tijd was, haalde Enge Ella Pinneus uit de bezemkast. Ze gaf hem de stethoscoop en legde hem uit hoe hij bij de Bloedige Toren kon komen.

'Ik zorg wel voor de stethoscoop, Ella', zei hij. 'De stethoscoop en de sleutel. Maar ik heb een berehonger. Ik moet aan wat toast zien te komen.'

'Toast, op zo'n moment, dikke Beefeater', zei Ella bits. 'We moeten naar het St. Thomas Hospital om Stine te vinden en ik weet niet eens waar dat ziekenhuis is. En Florence zegt dat het ons misschien niet zal lukken.'

Ze waren op het dak van de toren gekomen. Florence stond op hen te wachten. Pinneus probeerde niet naar Florence te kijken. Ze was zo veel groter dan Ella en zo anders.

'Ik moet een plek vinden waar ik wat toast kan kopen', herhaalde hij.

'Maar we gaan naar het St. Thomas.'

'Ik neem een taxi', zei Pinneus, terwijl hij friemelde

aan de sleutel die hij in zijn zak had. Toen begon hij via de buitentrap naar beneden te lopen.

'Laat hem gaan, Ella', zei Florence afgemeten. 'Hij is maar een mens.'

'Dat is waar', zei Ella en ze ontblootte haar slagtandje. 'Neem ook *a cup of tea*!' riep ze hem na en ze tuurde over de rand van de toren. Tussen de kantelen in de muur keek ze in de diepe slotgracht.

Pinneus liep over het plein.

Florence keek Enge Ella aan en zei toen: 'Ik begrijp dat jullie de sleutel van de Tower te pakken hebben gekregen.'

'Ja', zei Ella een beetje ontwijkend. 'Alleen voor de zekerheid.'

'Maar dan kan ik me terugtrekken, Ella.'

'O ja? Wat bedoel je? Zie ik je dan nooit meer?'

De mond van Florence kromde zich in een omgekeerde glimlach. Ze trok even met haar ene punt.

'Zoek de lamp nou maar. Ik denk dat je het misschien wel redt. Vaarwel', zei ze en plotseling was ze weg.

Alles gebeurde zo snel. Ella bleef alleen achter op het dak van de Bloedige Toren. Een kille wind van de Theems rukte onbarmhartig aan haar. Ze huiverde. Het was alsof van alle kanten geheime meldingen op haar afkwamen.

Plotseling vlogen twee van de gekortwiekte raven met hoge snelheid op haar af. Enge Ella dook in elkaar en wuifde ze weg. De vogels cirkelden een paar rondjes boven de toren en landden vervolgens op de rand van de muur.

Ella hield een puntje voor haar ogen.

'Ga weg!' riep ze.

'We willen je niet bang maken, juffrouw Enge Ella uit Een Ander Land. Ik heet Gwylum', zei de mannetjesvogel, 'en dit is Branwen. Zij is de jongste van ons.'

Ella keek onder haar puntje door.

'We zullen je naar het Hospitaal vliegen', ging de vogel die Gwylum heette verder. 'Daar moet je toch naartoe?'

'Ik kan zelf vliegen', zei Ella boos. 'Ik ben tenslotte een slim spook.'

'We nemen je in onze snavels', zei de andere. 'Ik heet dus Branwen en ik ben de jongste van ons tweeën.'

'Dat heeft Gwylum al gezegd', zei Enge Ella. 'Jullie kunnen mij niet vliegen, want jullie zijn gekortwiekt.'

'Je hebt geen vleugels nodig om te vliegen', krasten de vogels door elkaar.

'We vliegen je door de Verraderspoort', ging Gwylum verder. 'Die gaat ter ere van jou open.'

'Mijn eer kan me gestolen worden.'

'Maar ons niet', zei Branwen. 'Het is voor ons een eer om jou boven de straten van Londen naar het Hospitaal te vervoeren.'

'Het Hospitaal? Jullie bedoelen het ziekenhuis?'

'Ja', krasten de Raven in koor.

'Jullie zijn vogels, jullie hebben geen verstand van spoken en lichtjaren. Wat doen jullie hier trouwens?'

'Lichtjaren hebben met afstand te maken', zei Gwylum.

'Ja, maar afstand is ook tijd', antwoordde Ella. 'En vijf lichtjaren zijn zowel lang als langdurig. Tijd is gecompliceerd. Tijd is niet meer dan *een manier*.'

'Mmmnee', Branwen. 'Tijd is niet meer dan mensenjaren en mensenminuten.'

'Maar waarom zijn jullie hier?' herhaalde Ella.

'Tijd kan ook ravenjaren zijn', zei Branwen. 'Wij zijn hier om wijsheid te brengen, opdat deze plek niet ten onder gaat. Wij zijn hier *altijd* geweest.'

De raven pakten Ella plotseling met hun snavels vast en strekten haar tussen zich uit.

'Hou op!' schreeuwde Ella. 'Ik kan het zelf!'

Maar de raven stegen op van de toren en daalden af naar de grond.

'Maar, nee. Uggy!'

De raven vlogen onaangedaan met het kleine spookje tussen zich in door de Verraderspoort, naar de buitenste burchtgang, over de muur en over de Theems in de dageraad.

Buiten de muren van de Tower stegen ze op en vlogen over de eerste brug. Enge Ella hoorde het geluid van het verkeer in de straten aan beide zijden van de rivier. De mist dreef zijwaarts over het water.

'Daarginds is de Big Ben', zei Gwylum.

'Niet praten met spoken in je snavel. Straks laat je haar nog vallen', zei Branwen en ze kneep haar snavel toe rond Ella's zoom.

'De Big Bang, bedoel je', zei Ella en ze keek naar haar. Ze zag er toch wel slim uit, dacht ze.

'Nee, de Tijdklok zelf. De Big Ben', herhaalde Gwylum met halfgesloten snavel en hij ging verder: 'Achter ons is de Tower Bridge en daarbeneden zie je

Southwark Cathedral, en nu suizen we onder de Black-friars Bridge door.'

Branwen nam het krassend weer over. 'Daarbeneden heb je het National Theatre en de Royal Festival Hall.'

Ella fladderde met haar punten. De vogels doken om-laag en schoten onder de grote brug door, vlogen toen weer omhoog.

Gwylum keek haar met zijn kleine kraaloogjes aan.

'En daar zijn de Waterloo Bridge en de Jubilee Gar-dens. En dat mooie grote stenen gebouw daar heet de Country Hall.'

Ella kreeg ineens een grote klokkentoren aan de overkant van de brede rivier in de gaten. Dat moest de Tijdklok zijn.

'Is dat Big Benny?' riep ze.

'Dat is de Big Ben, ja. En recht onder ons is het St. Thomas Hospital', zei Gwylum plechtig.

Maar Ella staarde alleen maar naar de grote klok-kentoren. Heel De Eerste Waarheid had met de tijd te maken. *Is geweest*, *zal worden* en *is*.

Mensen in de straten van Londen zagen die middag twee van de gekortwiekte raven van de Tower met een stukje stof tussen zich in hoog boven de nokken van de daken vliegen. (De volgende dag zou dat in de grootste krant van Engeland voorpaginanieuws zijn.)

Gwylum en Branwen lieten zich omlaagzakken, zwenk-ten tot voor de hoofdingang van het St. Thomas en lieten Enge Ella iets te abrupt los. Voor Ella het doorhad fladderde ze langzaam zigzaggend omlaag. Ze zweefde op een klein zijwindje met een geur van uitlaatgassen en landde op de grond tussen mensen die kriskras door elkaar snelden. Het wemelde overal van de mensen. Het was dag. Het was licht. Het was gevaarlijk.

De raven maakten rechtsomkeert in de lucht en waren alweer op de terugweg naar de Tower. Ze kon hun scherpe stemmen horen die *bye, bye* krasten. Bye, bye, door het verkeersrumoer.

Ella had het zo druk met de raven nakijken, dat ze de man niet zag die plotseling bukte en haar oppakte. Hij verfrommelde haar in zijn grote handen. Ella hield haar adem in terwijl hij naar het parkeerterrein liep. Ze begreep dat hij naar een van de auto's liep. Ze kon zich niet beschermen tegen wat er ging komen. De man kletste haar tegen de autoruit en begon het glas met haar te poetsen. Hij wreef haar heen en weer, zodat het glas piepte. Ella werd woedend. Hoe durfde hij!!

Toen de autoruit schoon was en glom, gooide hij Ella in een afvalbak. Daar bleef ze een poosje liggen bijkomen, waarna ze langzaam omhoogkwam en over de rand keek. Juist toen ze weg wilde zweven, gooide een jongen een bananenschil op haar hoofd.

'Au, potverzingende zomen', mompelde ze geïrriteerd en ze keek de jongen na.

Ze wierp een snelle blik omhoog langs de hoge gevel van het ziekenhuis met de vele ramen. St. Thomas

Hospital leek als twee druppels water op het ziekenhuis thuis, waar Stine met haar familie woonde.

Plotseling zag ze Pinneus. Hij stapte net uit een taxi die voor de hoofdingang stopte.

'Pinneus', riep ze. 'Pinneus MYSAC!!!!!!'

Mensen draaiden zich om en staarden naar de afvalbak. Ella dook weer in het papier, groef zich in en zei een paar erg lelijke woorden.

Pinneus had haar gehoord. Hij boog zich door het autoraam naar binnen en betaalde de taxichauffeur. Toen liep hij zo snel hij kon, wat niet zo heel erg snel was, naar de afvalbak, stak zijn hand resoluut in het vuilnis en trok

Enge Ella er met een ruk uit.

'Ik ben zo snel ik kon gekomen', zei hij geërgerd en hij schudde haar zo hard door elkaar dat ze kreunde. Toen hing hij haar om zijn nek en liep met vastberaden stappen naar de hoofdingang.

HOOFDSTUK VIJFTIEN

DE BRANDENDE LAMP

IN DE ONTVANGSTHAL waren overal patiënten, familieleden, verpleegkundigen en artsen. Pinneus merkte dat Ella stonk.

'Waar gaan we heen?' vroeg hij.

'Ik zie de lamp', zei Enge Ella verbluft. 'De brandende lamp van Florence staat daar in die vitrine aan de muur. Zie je hem?'

'Ik zie hem', zei Pinneus. 'Maar hij staat achter slot en grendel en wat heeft die lamp met onze zaak te maken? En hoe moeten we hem te pakken krijgen? We kunnen het glas niet kapotslaan, nu hier zo veel mensen zijn.'

'De lamp is magisch en kan ons naar Stoere Stine leiden', zei Ella en ze bedacht plotseling iets wat ze meteen weer vergat.

'Je hebt gelijk', zei ze. 'Misschien moeten we eerst gewoon proberen of we Stoere Stine op eigen houtje kunnen vinden.'

'Als ze hier tenminste is', zei Pinneus somber.

Er waren gangen in alle richtingen. De muren waren

witgeverfd en de vloer glom en was pas geboend.

Pinneus liep langs een verpleegkundige in een stijf uniform.

'Het ruikt hier naar ziekte', fluisterde Ella.

'Sommige mensen worden weer gezond', zei Pinneus.

'Maar sommigen gaan dood', zei Ella en ze keek naar een oude dame die in een bed werd langsgereden. Haar handen lagen gekromd op het dekbed.

'En sommigen worden geboren', zei Pinneus en hij keek naar een jongeman die glimlachend met een bos bloemen liep te zwaaien.

Ella wilde zelf vliegen.

'Niet erg slim', zei Pinneus.

'Maar ik ben zo ongeduldig en nieuwsgierig', zei Ella en ze zweefde met kleine schokjes naar voren. Ella had er genoeg van om als een tulband of een sjaal rondgedragen te worden. Nu moesten ze Stoere Stine vinden. Een man in een rolstoel staarde achterdochtig naar haar. Plotseling stopte ze met een kleine ruk. Er klonk een luid gezoem, als van een gevaarlijke naaimachine.

'Hoor je dat, Pinneus?'

Het luide gezoem kwam steeds dichterbij.

'Ja', zei hij. 'Ik hoor het.'

'Ze hebben hier toch geen naaimachines?' Iemand was om de hoek, daar waar de andere gang begon, ergens mee bezig.

'Ik zal eens kijken wat het is.' Pinneus sloop langzaam naar voren.

'Ik ook', zei Ella en ze stak haar gezichtje nieuwsgierig om de hoek.

ZHWOOOEEEP! klonk het en Enge Ella werd naar binnen gezogen en verzwolgen door een grote vacuümcleaner die door een dikke dame met een geel nylonschort heen en weer werd geschoven.

Pinneus stopte zo plotseling dat hij doorgleed over de vloer. Ella was door een grote brommende stofzuiger opgegeten.

De dikke schoonmaakster had niets in de gaten. Ze ging gewoon door en schoof de grote stofzuiger in glijdende bewegingen heen en weer over de vloer.

Pinneus bleef als verlamd staan, in zijn enigszins te grote jas en met de stethoscoop om zijn nek, en staarde naar de stofzuiger.

'Help', zei hij zacht.

De schoonmaakster keek hem met een lege blik vragend aan.

✳

Enge Ella kreeg geen adem. Het was een lawaai en een gebrom van jewelste. Door de luchtstroom wervelde ze alsmaar rond in het stof en het vuil. BRRRRRRRRRRRR. Het was pikkedonker en benauwd in de stofzuigerzak, en het scheelde niet veel of ze stikte.

De stofzuiger ging maar door.

✳

Een dokter die langsliep, keek argwanend naar Pinneus Mysac die aan de stofzuiger rukte en trok terwijl hij steeds weer 'Help' riep. De dokter bleef staan en kwam weer terug. De dame met het gele schort haalde uit naar Pinneus. Hij liet het handvat van de stofzuiger los, floot een deuntje en hield de trommel van de stethoscoop tegen zijn eigen hart en hoorde hoe het daarbinnen klopte en bonkte. De dokter keek naar hem, schudde toen zijn hoofd en liep door.

Toen de dokter een spreekkamer binnen was gegaan, wierp Pinneus zich weer op de stofzuigerdame. Hij galoppeerde met gebogen hoofd op haar af, alsof hij een razende stier was. Hij stak zijn armen naar achteren om meer vaart te maken. Hij boorde zijn hoofd recht in haar grote achterwerk.

De dame schoot naar voren en stootte een hard gebrul uit, tegelijkertijd liet ze het handvat van de vacuumcleaner los. Die stopte onmiddellijk.

Pinneus richtte zich op en zocht koortsachtig naar iets wat hij kon zeggen.

'My knuffeldoek!' riep hij.

'*Your what?*' De stofzuigerdame veegde met haar mollige hand over haar voorhoofd.

Pinneus slikte en wees naar de grote zak die onder de stang met het handvat hing.

'*Inside*', zei hij. 'Inside in the zak is my knuffeldoek.'

'Inside?'

'Yes, inside.'

'*Oh, my goodness*', zei de dame en ze zag er ineens een beetje vriendelijker uit. '*I am sorry.*' Ze bukte en maakte een soort ritssluiting open. Binnenin zat een witte papieren zak. De zak bewoog hevig, met onverhoedse rukken.

Beteuterd liet de stofzuigerdame de zak op de grond vallen waardoor hij scheurde, stof en vuil verspreidden zich over de schone linoleumvloer. Ella fladderde als een kraai uit de stofwolk omhoog, hoestend en kuchend, haar knotjes schudden heen en weer. Ze was bedekt met een laag smerig grijs stof. Pinneus strekte zijn arm uit en pakte haar op. Het stof danste van Ella af en legde zich als een dun laagje op zijn ronde gezicht.

'Oh, my goodness!' schreeuwde de stofzuigerdame met een schelle stem en ze bracht haar handen naar haar gezicht. '*It's alive.*'

Pinneus keerde zich meteen om en rende de gang door, met de stethoscoop springend om zijn nek, terwijl hij Ella een paar keer hard door elkaar schudde. De mensen bleven staan om naar het tafereel te kijken. En terwijl Pinneus met het kleine kuchende en hoestende spookje in zijn hand wegrende, werd hij achtervolgd door een dikke stofwolk.

Juist toen Pinneus de veiligheid van een wachtkamer in was geschoten, kwam er een doktersassistente naar buiten die een naam riep. De stoelen langs de muren zaten vol patiënten.

'Mr. Winterbottom', zei de assistente en ze keek naar een oude man die met veel moeite opstond. De man wierp een vragende blik op Pinneus Mysac, wiens gezicht helemaal grijs van het vuil was.

'Laat die arme jongen maar eerst gaan', zei de man in het Engels. 'Hij ziet eruit alsof hij zo van het slag-

veld komt. Ik heb alleen maar mijn arm gebroken',
voegde hij eraan toe.

Pinneus Mysac werd naar de spreekkamer van de dokter gebracht. Het was dezelfde dokter die langs was
gelopen toen Pinneus buiten in de gang de stofzuiger
tegenhield. Net toen de dokter opkeek, gooide Pinneus
Ella op een metalen karretje. Daar zakte ze ineen op
twee rollen verband en een schaal vochtig gips.
    De arts keek achterdochtig naar Pinneus en vroeg
wat hem scheelde. Pinneus haalde zijn schouders op
en schudde zijn hoofd.
    'Wrong', zei hij. Dat betekende 'fout'. 'Nothing', zei hij.
Dat betekende 'niets'. 'Just dirty', voegde hij eraan toe.
Dat betekende 'alleen maar vies'.

'Ga dan maar weer naar buiten en laat de volgende patiënt binnenkomen', zei de arts geërgerd.

Pinneus zorgde er als de wiedeweerga voor dat hij weer buitenkwam. In de wachtkamer stond de oude man op van de stoel om de deur binnen te gaan.

Voordat Enge Ella het doorhad, had de dokter haar van het karretje gepakt en begon hij haar om de arm van de oude, broze man te wikkelen.

Pinneus keek de spreekkamer weer in. 'O nee!' riep hij. 'Niet Ella als verband gebruiken.'

'Een mitella, Pinneus', corrigeerde Ella geïrriteerd. 'Een mitella.'

'Jij weer!' De dokter keek geïrriteerd naar Pinneus in de deuropening. Toen keek hij nog eens beter naar het verband, legde een strakke en harde knoop in Ella en trok die aan.

'O jee', zei de oude, keurige man. 'Hoe moet ik mijn *afternoon tea* nu drinken?'

'U moet uw andere hand gebruiken, meneer Winterbottom,' zei de dokter, 'want u moet deze mitella twee weken dragen.'

'Twee weken!' schreeuwde Ella.

De dokter keek geschrokken naar de mitella.

'Vroeger waren de ziekenhuizen veel beter', zei de oude man droog. Hij stond op en verliet de spreekkamer van de dokter. Ella voelde hoe de harde knoop trok. Plotseling zag ze Pinneus staan. Hij stond met opengesperde ogen vlak achter de deur. Toen de oude man langs hem hobbelde, fluisterde Ella: 'Laat die oude man struikelen.'

'Wat zeg je?'

'Nu', zei ze. 'Voordat hij naar buiten loopt.'

Pinneus holde achter de oude man aan en gaf hem een duwtje onder in zijn rug. De patiënten die op de stoelen langs de muur op hun beurt zaten te wachten, keken geschrokken naar de brutale jongen.

'Hoe durf je', zei de oude man met trillende stem.

'Kom op, laagzwever!' riep Ella.

'Sorry', zei Pinneus en hij stak een voet uit. De man struikelde en viel. Juist toen twee andere patiënten toeschoten om Pinneus weg te trekken, lukte het hem de knoop los te maken en Ella mee te grissen. Wervelend als een tornado schoot ze zo hard ze kon op de andere patiënten af. Mepte woedend in hun gezichten en schreeuwde haar engste schreeuw: 'UHHHHUUUUU!'

Al snel lagen alle patiënten knock-out op een grote hoop. Pinneus deed de deur open en Enge Ella schoot naar buiten. Pinneus Mysac holde hijgend achter haar aan. Ze gingen een gang door, een trap op, nog een gang door en piepten ten slotte ongemerkt een lege röntgenkamer in.

Pas toen het nacht werd, zette Pinneus Mysac de deur op een kier en loerde naar buiten. Het was stil in het ziekenhuis.

'Is de kust veilig?' Ella keek over zijn schouder.

'De kust is veilig', zei Pinneus. 'We moeten naar beneden, naar de ontvangsthal, om die brandende lamp van Florence te pakken te krijgen.'

'Dat is onze laatste kans', zei Ella. 'En ik heb het geheim begrepen. De code waar Florence het over had.'

'Welke code?'

'De sleutel van het slot. Jij hebt de sleutel in je zak.'

'Welke sleutel?'

'De sleutel van de Tower. Die jij in de zak deed voordat je je in de bezemkast verborg. Ik geloof dat die op de vitrine past.'

Pinneus opende de deur naar het trappenhuis. De witte tl-buizen wierpen een kil licht vanaf het plafond.

Ze slopen de trappen af. Op de eerste verdieping liep een nachtwaker op krakende leren zolen door de gang om te controleren of alles in orde was. Pinneus en Ella wachtten tot hij in de lift was verdwenen, toen daalden ze de laatste trap af, naar de verlaten ontvangsthal.

Enge Ella had gelijk. De sleutel van de Tower paste perfect in het slot van de vitrine met de brandende lamp.

De lamp was magisch. Zodra de vitrine open was, zweefde hij naar buiten. Het was een levende lamp met een klein gezicht. Ella dacht aan het gedicht dat Bleke Sylvia in de Bloedige Toren had voorgelezen. *Een schone lei, met jouw gezicht erop*, had ze gezegd. *Gelukt, als een som die uitkomt. Vaag als mist, als post afgewacht.*

'Alles klopt, Pinneus', fluisterde ze.

'Alles.'

DE VLUCHT OVER DE TIJDKLOK

DE LAMP ZWEEFDE langzaam voor hen uit door de verlaten gangen. Langs een kantoortje, via de trappen omhoog en opnieuw door gangen. Pinneus en Ella probeerden tevergeefs de lamp, die doelbewust langs de genummerde deuren zweefde, bij te houden. Ten slotte was hij helemaal op de zesde verdieping en stopte hij voor deur nummer 1007.

'Is het hier?' Ella staarde naar de lamp. 'Is Stine hier?'

Maar de lamp gaf geen antwoord, hij draaide zich slechts half om, hing zwak bevend voor hen in de lucht en begon toen weer terug te bewegen, dezelfde weg als ze gekomen waren.

Pinneus keek onzeker naar Ella.

'Doe de deur open, Pinneus', zei ze.

'Het is midden in de nacht.'

'Waarom denk je dat we hier zijn?' Ella keek hem ongeduldig aan.

Pinneus wierp een blik op de lamp, die langs de trap naar beneden verdween. Hij keek naar rechts en naar links, drukte toen de deurkruk omlaag en duwde de deur langzaam open.

Enge Ella stak haar kleine spitse gezicht de ziekenkamer in. De maan scheen zwak door de dunne gordijnen, omtrekken van bedden met dekbedden en kussens tekenden zich af tegen het raam. En het was er helemaal stil, ze hoorde alleen het geluid van ademende mensen.

'Stine, ben je hier?'

'Zullen we naar binnen sluipen?' fluisterde Pinneus.

Ella draaide zich naar hem om en knikte, toen zweefde ze langzaam tussen de rijen bedden door naar binnen, helemaal naar het raam, waar ze de gordijnen voorzichtig opzijtrok zodat het maanlicht op de patiënten kon schijnen en op de kussenslopen om alle kussens, in alle bedden. Plotseling ontdekte ze iets. Je kon zo de Big Ben zien, de reusachtige Tijdklok die de raven haar hadden aangewezen toen ze met haar in hun snavel vlogen. Ze staarde naar de spitse klokkentoren aan de overkant van de Theems.

'Het is zeven voor twaalf, Pinneus.'

Enge Ella keerde haar rug naar het raam. Pinneus knikte.

Er stonden vijf bedden naast elkaar tegen de ene muur en minstens evenveel tegen de andere. Boven ieder bed hing een klein rood lampje met een snoer eraan. Daar konden de patiënten aan trekken als ze hulp nodig hadden.

'Stine', fluisterde Pinneus zacht. 'Ben je hier?'

Een oude dame in het bed dat het dichtst bij het raam stond begon te bewegen.

'Hello', zei ze en ze ging rechtop zitten. Pinneus werd zo bang dat hij het gevoel had dat hij aan de grond vastvroor.

'Woezel', zei Ella.

'Woezel', klonk het antwoord uit het bed dat het dichtst bij de deur stond.

'Stine! Druk op het lichtknopje, Pinneus.'

'Nu?'

'Ja, natuurlijk nu', zei Ella. Pinneus rende dwars door de kamer naar de deur. Een paar patiënten begonnen te bewegen.

Pinneus liep achteruit naar het lichtknopje.

Plotseling begon de oude dame in het bed dat het dichtst bij het raam stond, te gillen. Ze trok aan het snoer boven het bed zodat het rode lampje begon te knipperen. Pinneus wilde net het lichtknopje omdraaien toen een grote hand van achteren op zijn schouder viel. Iemand greep zijn linkerarm vast en draaide hem om. Hij zag vaagde omtrek van een mens, toen Ella begon te krijsen: 'UHHHHUUUUHUUU.'

De grote hand van de nachtwaker liet onmiddellijk Pinneus' bovenarm los. Pinneus maakte een sprongetje naar rechts, maar niet snel genoeg. De nachtwaker haalde hem in en pakte deze keer hard zijn beide bovenarmen vast.

In de ziekenkamer waren alle patiënten wakker geworden omdat ze dachten dat het alarm afging. Ella klapte haar mond dicht en daalde ongemerkt naar de vloer onder de wastafel, waar ze als een klein, trillend hoopje bleef liggen. Twee verpleegkundigen kwamen aangerend en de nachtwaker trok Pinneus mee naar de lift. Pinneus draaide zich om en riep tegen Ella: 'MAAK DE OPDRACHT AF, ELLA, DENK NIET AAN MIJ!'

'Pinneus! O, nee, arme Pinneus', fluisterde Enge Ella voor zich uit. Ze zouden de fabrieksdirecteur bellen en vertellen dat ze zijn zoon in een ziekenhuis in Londen hadden gevonden. Hektor Mysac zou uit zijn dak gaan en Pinneus weer in de kelder opsluiten, samen met de bleke, nare kleermaker Rivenbolt.

'Uggy, net nu we bijna het doel bereikt hadden', mompelde Ella terwijl de verpleegkundigen hun handen vol hadden met het kalmeren van de hysterische patiënten.

'Uggy', klonk het plotseling van het dichtstbijzijnde bed.

Enge Ella haalde opgelucht adem en voelde een zilverdraad van blijdschap door zich heen te schieten. Ze fladderde omhoog en ging aan het haakje naast de wastafel hangen om beter te kunnen zien.

'Stine? Ben jij dat, Stine?'

Een van de verpleegkundigen liep met snelle passen naar de wastafel. Daar bleef ze staan kijken, van de handdoek aan de muur naar het kussen onder het hoofd van het tienermeisje in het bed dat het dichtst bij de deur stond.

Enge Ella volgde haar blik. Stine was om het kussen getrokken dat onder het hoofd van het meisje lag.

Plotseling was Pinneus terug, samen met de lamp. Hij tuimelde door de deur naar binnen.

'Ik heb me los kunnen wringen', riep hij opgewonden. De lamp schoot als een projectiel naar de verpleegkundigen en bonkte hen om de beurt op het hoofd. Opeens stond de nachtwaker in de deuropening, maar hij draaide zich meteen weer om, rende terug en sloot zich doodsbang op in een kantoortje.

'Het kussen, Pinneus, het kussen.' Ella fladderde van het haakje en joeg als een wervelwind door de kamer. Onder haar lagen de patiënten te krijsen in hun bedden en de verpleegkundigen waren druk in de weer om hen te kalmeren en zich de lamp van het lijf te houden.

Ella zeilde naar het bed waar Stine in lag.

'Oorlog, Pinneus, oorlog', zei ze.

'Gaan we een kussengevecht houden?' zei hij nerveus.

Het meisje krijste als een bezetene.

'*Pillow!*' brulde Stoere Stine.

'Pillow-oorlog, Pinneus!' riep Ella uitgelaten.

Pinneus liep naar het bed en begon aan het kussen te trekken en te rukken.

'No', krijste het meisje boos. 'My pillow, my pillow.'

Pinneus wist ten slotte het kussen met een harde ruk naar zich toe te trekken. Hij wurmde Stine van het donzen kussen, dat hij met een doffe klap op de vloer gooide zodat het scheurde. Witte donsjes fladderden naar het plafond en vielen als sneeuw op het bed met het doodsbange meisje.

'Doe het raam open, Pinneus!' riep Ella en ze wierp een blik op Stine die probeerde los te komen uit Pinneus' greep.

Een van de verpleegkundigen ging van haar stokje en viel met een klap op de vloer.

'*Air*', riep Ella.

De patiënt die het dichtst bij het raam lag zwaaide haar benen uit het bed, rende de twee meter naar het raam, maakte de haken los en zwaaide het raam open. Frisse nachtlucht waaide samen met het geluid van het verkeer buiten de ziekenkamer binnen.

'Vlieg!' riep Pinneus enthousiast. 'Vlieg weg. Denk niet aan mij, ik kom wel op de mensenmanier thuis.'

Enge Ella en Stoere Stine fladderden opgewonden naast elkaar naar het open raam. De gordijnen wapperden heen en weer in de wind, de klok van de Big Ben begon te slaan. Ding, dong, ding, dong.

Het was middernacht. Het was koud. De maan hing

laag boven de daken van Londen. De Avondster schitterde ver, ver weg. En daarachter, een beetje naar rechts, glimlachte een andere ster naar hen. Glasachtig en doorzichtig. Dat was de Zevenster met zijn stekelige armen.

Enge Ella en Stoere Stine stonden een ogenblik trillend naast elkaar in de vensterbank. Toen zetten ze zich af en vlogen ze samen de nacht in. Over de daken, over de Theems, over de toren met de grote Tijdklok, over de grote, grote stad Londen naar de Vrijheid. En ze zongen: *Oea, Oea, Oea, Oe! Ooit zien we elkaar weer, zeker weten. Je bent niet verlaten en vergeten, want alleen om jou te redden vlieg ik vlug, naar een verre, verre ster en weer terug.*

HOOFDSTUK ZEVENTIEN

DE TWEE WAARHEDEN

ENGE ELLA VLOOG over het schoolplein naar Sofia Stuipenophetlijfs Nachtschool voor Jonge Ongeschoolde
Spoken. Ze trok zich door het sleutelgat en zweefde
de gang door. Ze kwam verslag uitbrengen van haar
tweede reis.

Sofia Stuipenophetlijf zat op de Nachtstoel in het
Nachtkantoor te wachten op haar kleine leerling. Het
grote Nachtboek lag opengeslagen voor haar op het
bureau. Ze keek op toen Ella binnenzweefde.

'Ga zitten', zei ze.

Ella daalde neer in de stoel recht tegenover Sofia's
bureau.

'Ik heb Stoere Stine teruggehaald', begon ze.

'Ja', Sofia Stuipenophetlijf bekeek haar uitvoerig.
'Stoere Stine is terug. Dat is een hele prestatie, Ella.'

Ella was in de naaifabriek geweest om rapport uit te
brengen aan Torres Damast en de andere spoken. Ze
hadden zich op de bovenste plank verzameld en luis-
terden terwijl ze over haar tweede reis vertelde. Oude

Mottige Marie had haar voorzichtig over het hoofd geaaid en gezegd dat ze allemachtig trots op haar was. Malou Grassa Damast had haar versgeklopte rauwe eiwitten voorgeschoteld, haar in een teiltje met water uitgespoeld, in de droogtrommel gedroogd en daarna met het warme strijkijzer gestreken. Oom Torres had een heel klein beetje geglimlacht en gezegd dat hij, ondanks alles, haar oom was en dat het een wonder was dat ze helemaal bij de Zevenster had kunnen komen en weer terug zonder in een van de Zwarte Gaten gezogen te worden.

Flinke Fietje, Nare Nemo, Holger, Krimpelientje en Linette hadden haar bewonderend aangekeken. En Ach en Wee hadden gegniffeld om het verhaal uit het St. Thomas Hospitaal – over het spektakel en de herrie toen Stoere Stine in de ziekenkamer van het donzen kussen werd getrokken. Esmee had kleine Thijm tegen zich aan gedrukt toen Ella Sylvia's gedicht declameerde. Vooral toen ze bij de twee zinnen kwam: *voeten sterwaarts, je schedel een maan* ... en ... *opgerold in jezelf, spoeltje zij.*

Stine was weer terug in de linnenkamer van het ziekenhuis. Er zou daar vannacht een feest zijn om haar thuiskomst te vieren. Een groot feest, waar iedereen van de naaifabriek, van de zeildoekfabriek, van de linnenkamer van het hotel, van de zakkenfabriek bij de rivier, van de wasserij in de Hoofdstraat en van de stoffenwinkel in het winkelcentrum was uitgenodigd.

Maar Ella had bedankt. Sofia Stuipenophetlijf
keek haar nieuwsgierig aan.

'En wat is De Tweede Waarheid, Ella?'

Enge Ella wierp een blik op de
foto aan de muur,
waarop de Nacht-
school overdag te
zien was wanneer
die de Dagschool
voor mensenkin-
deren was. Alles
zag er in het licht
zo anders uit.

'De Tweede
Waarheid gaat
over het leven',
begon ze. 'Ik
had het al
door toen ik
verzeild raakte
in een sterren-
mist boven in
het Universum.
Ik zag immers
dat de sterren
daar werden
geboren. Kin-
dersterren, ter

grootte van stofkorrels, als regendruppels in een gewone hemelwolk.'

'Kom ter zake, Enge Ella.' Sofia Stuipenophetlijf krab-
de ongeduldig aan de inktvlek op haar buik.

'Sterren kunnen tien miljard jaar worden, juf. En
mensen zijn als sterren. In zekere zin.'

Ella keek weer naar de foto van de Nachtschool en
verplaatste toen haar blik naar Sofia Stuipenophetlijf.

'Sterren kunnen heel fel schijnen, krimpen, explode-
ren en sterven.' Ella tilde haar puntjes op. 'Ze hebben
een enorme kracht. Je moet de vlam doven om hem
weer te kunnen aansteken. Dat zei Florence.'

'Dit is nevelpraat. Wat heeft dat met De Tweede
Waarheid te maken?'

'Oké', zei Ella. 'Pasgeboren baby's worden in kleine
spookjes gewikkeld.'

'Geestig genoeg', knikte Sofia Stuipenophetlijf.

'Dan worden de kinderen aan hun moeders gegeven,
die ze aan de borst leggen en langzaam wiegen. Heen
en weer', ging ze verder, 'alsof ze altijd klein zullen
blijven. Alsof de tijd nooit zal bewegen en verdwijnen.'

'Dat klopt', zei Sofia Stuipenophetlijf ernstig. 'Maar
het is niet meer dan de halve waarheid, Ella. Dat van
het leven.'

'Ik weet het', fluisterde Ella.

'Wat ben je vergeten te zeggen?'

Ella haalde diep adem.

'Florence vertelde me dat je niet bang hoeft te zijn

voor de angst ... maar dat oude spoken over mensen heen worden gelegd die doodgaan. Als een deken, om ze te beschermen. Om ze de laatste tijd die ze op aarde zijn te verwarmen ... Tot ... ze in de grote, grote stilte zijn.'

'Dat is een baan', zei Sofia Stuipenophetlijf uitdrukkingsloos.

'Nu begrijp ik waarom oude Mottige Marie kleine Thijm meeneemt als ze 's nachts voor geheime opdrachten naar het ziekenhuis gaat. Dat gebeurt als er iemand doodgaat en als er iemand wordt geboren.'

Sofia Stuipenophetlijf glimlachte rimpelig.

'Marie is een oude, versleten deken', zei ze. 'Ze beschermt de doden. Wanneer hun mensenlevens retour worden gestuurd. Ze blijft misschien eeuwig wie ze is. Tenzij de motten haar opeten.'

'En Thijm beschermt de kinderen.' Net toen ze dat had gezegd, herinnerde Ella zich plotseling wat Pinneus had verteld toen ze die keer in het vliegtuig naar Parijs zaten: *Ik geloof dat ik je meteen herkende, Ella. Jij was er ook toen ik klein was. Weet je dat nog?*

Ella wist het niet meer, maar het moest zo geweest zijn: Ella was om Pinneus Mysac gewikkeld toen hij werd geboren. Als bescherming. Zij was de eerste die hij zag. Daarom ... had hij gezegd ... dat hij haar herkende. Ze was van hem en hij ... hij was van haar. Maar wie had hem ter wereld gebracht? Wie was de moeder van Pinneus? En waar was zij nu?

Sofia Stuipenophetlijf liet haar ogen een lang ogenblik op Enge Ella rusten.

'Waar denk je aan?'

'Het is zo vreemd', zei Ella. 'Pinneus Mysac zit overdag in mijn schoolbank. Hij is mijn mens.'

'Ja', zei Sofia Stuipenophetlijf. 'Jullie zijn zielsverwanten. Wij spoken beschermen de mensen bij de Ingang en de Uitgang.'

'En in de Tussentijd jagen we ze de stuipen op het lijf', lachte Ella.

'Wij zijn geen spoken die rammelende kettingen achter ons aan trekken.' Sofia Stuipenophetlijf pakte een vulpen met witte inkt op.

'Nee,' zei Enge Ella, 'daar hebben we geen zin in.'

'Het belangrijkste voor een spook is dat de mensen in het spook geloven', benadrukte Sofia Stuipenophetlijf ernstig en ze keek Ella lang en peinzend aan. Toen schreef ze De Tweede Waarheid in Ella's groeikalender, onder De Eerste Waarheid. Ze deed het met een plechtig gezicht.

1. Kleine spoken worden mensen. Grote spoken zijn mensen geweest.
2. Pasgeboren kinderen worden in kleine spoken gewikkeld. Grote spoken beschermen dode mensen.

Ella nam de mooie kalender aan die haar juf haar aanreikte.

'Weet u wie ik *zal worden*?' vroeg ze nieuwsgierig.

De juf schudde haar hoofd.

'Nog niet', zei ze ernstig.

'En de droom die ik heb, kunt u mij die uitleggen? Die met de Waterspiegel?'

'Nee, nee', zei Sofia Stuipenophetlijf afwijzend. 'Daarvoor is het nog te vroeg, Ella. Dat is De Tiende Waarheid.'

'Is het niet helemaal zeker dat spoken sterven?'

'Tja ... dat ligt eraan. Wanneer een spook zo vaak op de Zevenster is geweest dat er vijf lichtjaren voorbij zijn ... dan ...'

'Miljoenen van tijd', onderbrak Enge Ella haar. 'Wanneer je zo vaak van nul tot honderd bent gereisd dat het niet mooi meer is. Is dat wat u bedoelt?'

Sofia Stuipenophetlijf knikte.

'Tijd is ingewikkeld. Tijd is niet meer dan *een manier*', zei Ella en ze voegde eraan toe: 'Maar hoe zit het met de seconden?'

Sofia Stuipenophetlijf keek haar met stekende ogen aan.

'Toen Stine en ik over de grote Tijdklok in Londen vlogen, kreeg ik een gevoel van seconden. Begrijpt u wat ik bedoel? Dat wij miljoenen van tijd hebben ...'

Sofia Stuipenophetlijf onderbrak haar.

'Waarom ga je niet naar Boze Bettina's grote feest vanavond? Er wordt gevierd dat Stoere Stine terug is.'

Ella frunnikte aan een losse draad in haar omslag-zoom.

'Ik heb werk te doen,' zei ze snel, 'feestjes komen op het tweede plan.'

'Wat voor werk?'

'Wat denkt u?' antwoordde Ella snel. 'Huiswerk. Ik moet die ondeugdelijke Pinneus Mysac bang maken, natuurlijk.'

'Maar hij is toch niet bang voor jou?'

'Jawel, nu wel', loog Ella en ze streek haar stof glad met haar ene punt. 'Want hij moest alleen vanuit Lon-den naar huis reizen, met het grote schip, terwijl Stine en ik vlogen.'

Sofia Stuipenophetlijf keek haar argwanend aan.

'Denk eraan dat je ver moet reizen om fouten recht te zetten, Ella.'

'Elke keer .... moet ik ver reizen', maakte Ella af. 'Dat heb ik nu wel begrepen. Ik ben heus niet helemaal ge-stoord.'

Sofia Stuipenophetlijf zuchtte diep.

'Als ik het zo mag zeggen: de reizen komen naar jou toe, klein voddenbaaltje.'

'Daar heb ik niks op tegen. Want ik ontmoet allerlei nobele figuren die geleefd hebben. Zoals Victor en Leonardo in Parijs. En Edith die op het dak zong dat ze nergens spijt van had. En nu Florence en William en Sylvia in Londen.'

Sofia Stuipenophetlijf knikte.

'En denk eraan, de doden verlangen niet *terug*.'

'Ze verlangen niet terug', herhaalde Ella. 'Dat staat vast en dat is fijn', voegde ze eraan toe.

'Want iedere reis die je maken moet, word je meer en meer jezelf. Dat is een deel van je opleiding. Ik ben meer van jou onder de indruk dan ik laat merken. Eén keer slagen is één ding, maar om nog een keer te slagen is iets heel anders.'

'Dat klopt', zei Ella en ze richtte zich op. 'Ik werd bijna gespaghettifiseerd en overal zijn de Gobelinspoken. Ik woezel me op en spring erin, met focus en vaste koers.'

'Dat is precies wat je doet, klein poppetje', zei Sofia Stuipenophetlijf.

Enge Ella schoof de groeikalender onder de grote Nachtschooldeur door naar buiten, toen rolde ze zich op en trok zich door het sleutelgat. Buiten pakte ze de kalender op, drukte hem tegen zich aan, zweefde door de schoolpoort naar de grote straat. De hemel was zwart boven haar. De stoep was vies van stof en droge bladeren. Er lag een dun laagje ijs op, als een doorzichtig kleedje.

Ella zweefde omhoog langs de muur van het grote winkelgebouw. Het vroor en overal was het stil. En overal waren sterren. Wat zag je eigenlijk als je naar de sterren keek? Veel sterren waren allang gedoofd, maar het licht ervan kon nog jaren blijven schijnen, omdat ze zo ver weg waren. Alles was niet per se zoals het er in werkelijkheid uitzag.

Op het moment dat ze boven de nok uitsteeg, hoorde ze een luid, scherp geluid.

Een schreeuw. Dat was Boze Bettina. Enge Ella luisterde, toen glimlachte ze. Want het was een schreeuw van blijdschap die Bettina deze keer schreeuwde.

'IK HEB MIJN GELIEFDE KLEINE ANGSTWONDER TE-RUGGEKREGEN!!! MIJN KLEINE WEZENTJE IS TERUG. HA-HA-HA-HA-HA. JOOOOEEEEHOOOEEEE! O WAT EEN GELUK!'

Op het dak lag een dun laagje rijp. Ella sloot haar ogen en voelde dat een kille wind dwars door haar heen

waaide. Stel dat Magische Mulda ooit een keer van vreugde op een dak kon staan roepen, omdat ze haar Ella weer had gevonden. Die gedachte was zo mooi en wonderbaarlijk dat Ella bijna moest huilen, maar ze was ook erg blij, vanwege de anderen.

Dus wilde ze niet huilen. In plaats daarvan deed ze haar ogen weer open, woezelde ze zich op, liet haar slagtandje zien, trok aan haar knotjes en vloog naar de andere kant van het dak.

Ineens borrelde het Hemelwoezelwazzel-lied weer in haar op en ze werd blij tot in al haar draden. Ze legde haar groei-kalender op het dak, draaide een paar keer rond, schoot naar voren en vouwde zich uit tot ze zo plat was als een pannen-koek. Ze zweefde zijwaarts weg en zong: *Oea, Oea, Oea Oe. Ooit zien we elkaar weer, zeker weten. Je bent niet verlaten en vergeten. Want alleen om jou te redden vlieg ik vlug. Naar een verre, verre ster en weer terug.*

Daarna pakte Ella de groeikalender weer op, vloog langs de nok en wierp zich aan de andere kant naar be-neden. Hoeveel spoken hadden eigenlijk op de versle-ten daken zitten janken als sirenes, zitten schreeuwen van pijn en verdriet of gedanst van vreugde?

※

Enge Ella daalde neer in de kastanjeboom die het dichtst bij de poort van het huis van Pinneus Mysac stond. De boom spreidde zijn grote takken in alle rich-tingen.

Ze keek de inrit in. Hektor Mysacs zwarte auto was weg. Pinneus was alleen thuis. De fabrieksdirecteur en mevrouw Vampe waren weggereden om hem te zoe-ken. Ze waren ver weg, dus ze kwamen nog lang niet terug.

Ella schrok toen een man een eindje verderop de weg overstak, snel een andere inrit in liep en verdween. Ze bleef nog een poosje in de boom naar het bakstenen huis zitten kijken. Dat was niet helemaal roze. De verf was bovenaan, bij de boogramen, afgebladderd. Ergens was er een markies die door de wind in stukken was gescheurd. De stofrepen klapperden in de wind.

Ella keek de tuin in, naar de lage stenen muurtjes die het bevroren gazon in drie kleine plateaus verdeelden. Tussen de stenen groeide donkergroen, dik mos in kleine pollen. De bloemen in de perkjes waren bruin van de vorst.

Ten slotte steeg Enge Ella op van de tak en vloog met de groeikalender voor zich uit door de donkere tuin. Ze vloog om het huis heen, naar het keukenraam. Het licht van binnen viel als een geel, vierkant tapijt over het met rijp bedekte gazon. Ella kwam neer op de koude grond en voelde hoe het stijfbevroren gras tegen haar zoom kietelde.

Binnen stond Pinneus voor de oven. Hij had zijn mouwen opgerold en een groot schort om zijn buik geknoopt. Overal was het een knoeiboel. Suiker en smurrie over de hele keukentafel. Pinneus zag er verhit uit. Hij had soesjes gemaakt en meringues met poedersuiker en geschaafde amandelen. En verder had hij het mooiste servies op tafel gezet, dat met de gouden rand en de lichtblauwe bloemetjes.

Ella tikte zacht tegen het gesloten raam terwijl de ijswind door haar heen waaide. Pinneus Mysac keek meteen op en zag haar. Zijn gezicht barstte open in een grote, grote glimlach. Hij deed het raam op een kier en Ella trok de groeikalender door de kier achter zich aan. Toen ze binnen was, zag ze dat Pinneus amandel-

schaafsel en suiker op zijn gezicht had, die mafkees. Alles bij elkaar leek het op sterren. Suikersterren die zich met zijn sproeten mengden.

Enge Ella lachte haar kleine schallende lach. Want ze voelde zich plotseling heel, heel gelukkig.

FLORENCE NIGHTINGALE

Britse verpleegster en hervormster van het ziekenhuiswezen, geboren in 1820, overleden in 1910. De familie van Florence kwam oorspronkelijk uit Florence in Italië. Haar ouders noemden haar naar deze stad, die ook in het Engels Florence heet. Florence werd wereldberoemd tijdens de vreselijke Krimoorlog, toen ze soldaten probeerde te redden. De omstandigheden waren beroerd in de lazaretten en Florence was de eerste die begreep hoe belangrijk het was om je handen goed te wassen om besmetting te voorkomen. Toen ze terugkwam in Engeland, bleef ze erop hameren dat patiënten schoon beddengoed, frisse lucht en gezond eten moesten hebben om weer gezond te worden.

Florence stichtte in 1859 de eerste school voor verpleegkundigen, bij het St. Thomas Hospital in Londen.

Veel mensen noemden Florence Nightingale 'de dame met de lamp', omdat ze 's nachts met een lamp in de hand rondliep om ervoor te zorgen dat het goed ging met de zieken.

In ziekenhuizen worden mensen geboren en gaan mensen dood. Het leven en de dood gaan hand in hand.

Ella ontmoet ook William en Sylvia, die in de Natijd in de Tower verblijven. Toen ze mensen waren, waren hun achternamen Shakespeare en Plath, terwijl Anna en Catharina koninginnen waren. Misschien herken je ook andere persoonlijkheden met zielen die in de Natijd in Londen verblijven.

(Het gedicht 'Jij bent' is herdicht naar het Nederlands door Anneke Brassinga. In de geest van de spoken is het woord 'handstand' hier vervangen door 'puntstand'.)

Het volgende boek in de serie

ENGE ELLA

EN HET WINTERCIRCUS

DE DERDE WAARHEID

Er zijn nog steeds veel losse draden in het verhaal over Ella's zoektocht naar De Tien Waarheden en het zoeken naar de verdwenen moeder. Enge Ella gaat verder de wereld in. De eigengereidheid van het kleine spook veroorzaakt nieuwe rampen. Deze keer wordt de reis heel anders. Hektor Mysac trouwt met mevrouw Vampe en de huwelijksreis gaat naar Sint-Petersburg. Ella maakt er zo'n zootje van dat behalve het bruids-

paar, de hond Grimmige Grell en Pinneus, ook Krimpelientje, Thijm, Stoere Stine en Nachtschoollerares
Sofia Stuipenophetlijf meegaan op de hachelijke huwelijksreis. Het reisgezelschap dat neerstrijkt in Sint-
Petersburg is daardoor groot en bont. De bruidsjurk
is natuurlijk genaaid door kleermaker Rivenbolt in de
kelder van de naaifabriek.

Op weg naar De Derde Waarheid moeten Enge Ella en
Pinneus naar het Winterpaleis, naar een langgeleden
gesmolten ijspaleis, een afgebrand kristallen paleis en
een circus om hulp te krijgen. Enge Ella hoort nieuwe
belangrijke dingen van Grootheden die vroeger geleefd
hebben, maar die in de Natijd spoken zijn geworden.
Ze heeft een paar mooie en belangrijke ontmoetingen.
Maar ook in Rusland zijn de vervaarlijke Gobeliners.

Unni Lindell en Fredrik Skavlan
bij De Geus

ENGE ELLA

EN DE NACHTSCHOOL

Enge Ella is een spookje dat met haar familie overdag keurig opgevouwen als een lap stof op de bovenste plank van een textielfabriek woont. 's Avonds gaat ze naar de Nachtschool voor Jonge Ongeschoolde Spoken. Ella is vaak eenzaam omdat haar moeder is verdwenen. Op een kwade dag wordt Ella's nichtje Fietje tot handtas vermaakt en naar Parijs verstuurd. Ella vertrekt met het Mensenkind Pinneus naar de lichtstad om Fietje terug te halen. Daar beleeft ze hachelijke avonturen in het Louvre, maar gelukkig krijgt ze hulp van enkele beroemde geesten, zoals Victor (Hugo) en Leonardo (da Vinci).

Oorspronkelijke titel *Nifse Nella og syvstjernen*,
verschenen bij Piratforlaget, 2008
Oorspronkelijke tekst © Piratforlaget, Unni Lindell en
Fredrik Skavlan, 2008
Published by agreement with Aschehoug Agency, Norway
Nederlandse vertaling © Annemarie Smit, Paula Stevens en
De Geus BV, Breda 2010
Omslagontwerp Riesenkind
Omslag en illustraties binnenwerk © Fredrik Skavlan

Dit boek is gedrukt op FSC-gecertificeerd papier

ISBN 978 90 445 1507 7
NUR 282